INKA LOREEN MINDEN

Nate

Beast Lovers 1

AF198972

Gestaltwandler Romance

Bibliografische Information der Deutschen Nationalbibliothek
Die Deutsche Nationalbibliothek verzeichnet diese Publikation in der
Deutschen Nationalbibliografie; detaillierte bibliografische Daten sind im
Internet über
http://dnb.d-nb.de abrufbar.

Nate

- Romance -

©opyright Inka Loreen Minden 2015 / 2017
www.inka-loreen-minden.de
Monika Dennerlein

E-Mail: lucy-palmer@inka-loreen-minden.de

Die deutsche Erstausgabe erschien im Januar 2015
Überarbeitete Neuausgabe mit 4 neuen Kapiteln
CoverArt Front: © Monika Hanke
Mann: Oscar Brunet – fotolia.com
Lektorat: Leonie Kindermann
Herstellung und Verlag: BoD – Books on Demand, Norderstedt
ISBN-13: 978-3-7448-1808-7

Nate verfolgt mich – mal wieder. In seiner Wolfsgestalt jagt er hinter mir her und hat mir nur zwei Minuten Vorsprung gelassen. Er weiß doch, dass das viel zu wenig ist!

Meine Wölfin liebt es allerdings, von ihm verfolgt zu werden, und freut sich bereits auf den Moment, wenn sich Nates Zähne in das Fell meines Nackens graben. Ich recke die Schnauze in die Luft und heule übermütig. Hier draußen hört uns niemand, hier sind wir frei. *Ich* bin frei!

Die Gegend um Norwich ist ideal für uns Wandler – hügelig und stark bewaldet. Stundenlang können wir laufen, ohne dass uns jemand in die Quere kommt. Nate und ich nutzen das immer aus, wenn wir uns nach der Highschool heimlich treffen. Denn nicht nur die Menschen dürfen nichts von uns erfahren – auch die anderen Wandler dürfen uns niemals zusammen sehen. Nate und ich gehören verschiedenen Rudeln an, und die sind leider verfeindet.

Ich kann Nate bereits hinter mir hören, sein Schnaufen, das Knacken dünner Zweige unter seinen Pfoten und das leise Grollen in seiner Kehle. Außerdem spüre ich seine Nähe auch auf andere Art, tief in mir drin.

Hab dich gleich, glaube ich seine Stimme in meinem Kopf zu hören, weshalb ich noch einmal alles gebe und schnell wie der Wind durch das Gras renne. Die feinen Halme schlagen gegen meine Schnauze, aber das nehme ich kaum wahr, sondern fühle mich einfach nur glücklich und frei, beinahe schwerelos.

Die Sonne kitzelt mein Fell und lässt die hellbraune Farbe golden schimmern, bevor ich in die Schatten einer Baumgruppe tauche. In diesem Moment wirft sich Nate auf mich, und ich lege eine Bauchbremsung hin. Mit aller Kraft strampele ich mich frei, rolle mich auf den Rücken und sehe nur noch sein schwarz-weißes Fell über mir, rieche seinen vertrauten, animalischen Duft und seine Lust.

Der Lauf hat uns beide erregt. Sofort verwandeln wir uns zurück, und jetzt liegt kein Wolf mehr auf meiner nackten Menschengestalt, sondern ein wunderschöner junger Mann mit schwarzem Haar und funkelnden eisblauen Augen. Die Arbeit auf der Farm seines Vaters hat Nates Muskeln geformt. Mit seinen achtzehn Jahren hat er den Körper eines richtigen Mannes: breite Schultern, einen flachen Bauch und kraftvolle Arme, die mich mit Leichtigkeit unter ihm halten. Ich habe keine Chance, ihm zu entkommen.

»Hab ich dich, Hal«, raunt er und leckt provozierend über meine Lippen.

Ich mag es, wenn er mich *Hal* und nicht *Hazel* nennt. Nur Nate sagt »Hal« zu mir.

Während er meine Arme neben meinem Kopf in das weiche Moos drückt, schnuppert er an meinem Hals und leckt auch dort meine Haut ab. »Ich stehe total auf deinen Geschmack, Hal.«

Tief atme ich den Geruch seines maskulinen Schweißes ein und reibe meinen Unterkörper an seiner beginnenden Erektion. Wie immer kann ich es kaum erwarten, mit Nate zu verschmelzen, doch er lacht nur dunkel an meinem Hals und beißt mich spielerisch.

»Nicht so ungeduldig, Kätzchen.«

»Ich bin kein Kätzchen!« Vehement versuche ich, mich unter ihm aufzubäumen, aber Nate ist zu stark. Immer noch hält er mich einfach nur fest und schnuppert und leckt an meinem Hals. Ich will jedoch mehr! Aber Nate ist ein Spieler und Genießer. Er liebt es, mich zappeln zu lassen.

Seine dominante Art gibt mir auf seltsame Weise Sicherheit und ein Gefühl von Geborgenheit. Nate lässt mich alles Schlimme vergessen. Nur seinetwegen ertrage ich mein Leben. Er würde auch nie etwas tun, was ich nicht möchte, mich nie zu etwas drängen oder zwingen. Er weiß genau, was ich brauche.

Nur eines kann er mir … uns … nicht ermöglichen: dass wir offiziell zusammen sein können. Er ist eben ein Porter und ich eine Burton.

Verfluchte Fehde! Was hat diese alte Geschichte denn mit uns zu tun?

Nate fühlt offenbar, dass mich etwas beschäftigt, denn er lässt meine Arme los und rollt sich neben mir auf den Bauch. »Du hast den Kopf nicht frei, Hal. Wie soll ich dich da ficken?«

»Seit wann stört es dich, was ich beim Ficken denke?« Schmunzelnd setze ich mich auf, um seine heiße Rückansicht zu betrachten. Solche knackigen Pobacken gehören verboten! Ich werde schon ein bisschen eifersüchtig, wenn die Mädchen in der Schule ständig auf seinen heißen Arsch gaffen. Doch wenn sie wüssten, dass nur ich ihn in natura sehen darf …

»Ah, jetzt bist du wieder bei der Sache.« Verrucht grinsend dreht er sich auf den Rücken und verschränkt die Arme hinter dem Kopf, sodass ich erkennen kann, wie sehr *er* bereits bei der Sache ist. Dann lässt er seine hungrigen Blicke über meine nackte Gestalt wandern, und mein Körper prickelt. Ich liebe sein unwiderstehliches Lächeln und die süßen Grübchen, die sich dabei in seinen Wangen bilden. Ich liebe Nate so sehr. Wir sind füreinander bestimmt; ich weiß es einfach. Wenn wir uns doch bloß nicht mehr verstecken müssten!

»Ich werde eine Lösung finden, wie wir zusammen sein können«, verspricht Nate und streckt einen Arm nach mir aus. »Für immer.«

»Für immer«, murmele ich und schmiege mich an seinen heißen Körper.

Ich bin zuversichtlich und spüre tief in mir, dass Nate eines Tages Anführer des Porter-Rudels wird. Er wird es besser machen als unsere Eltern. Er wird für Frieden zwischen unseren Rudeln sorgen und danach … wird alles gut.

Wenn das jemand schafft, dann Nate. Mein Held.

Wenn meine Mutter nicht gestorben wäre, wäre ich niemals in dieses Kaff in Vermont zurückgekehrt. Mit Norwich verbinde ich zu viele schlechte Erinnerungen. Doch Mum ist tot, und ich muss mich um den Verkauf ihres maroden Hauses kümmern. Es ist wohl besser, ich lasse es abreißen und veräußere nur das Grundstück. Viele Millionäre besitzen Wochenendhäuser in der Nähe, da die Green Mountains und der Lake Champlain beliebte Erholungsgebiete sind. Es wird sicher nicht lange dauern, und ich habe es zu einem guten Preis vom Hals.

Bevor ich allerdings den Ort des Grauens aufsuche, muss ich noch einkaufen. Daher parke ich den gemieteten Mini Cooper unter einer großen Birke neben dem Musikpavillon, und schon rieseln Blätter auf die Windschutzscheibe. Der Herbst ist eingezogen, die Wälder rund um die Stadt leuchten in bunten Farben. Der Indian Summer ist mir ein wenig abgegangen, muss ich gestehen. In New York bekommt man vom Herbst nicht so viel mit.

Als ich aussteige, rieche ich sofort Fleisch und Würste, die die Einwohner auf der großen Wiese über Grills zubereiten. Es ist Samstag, die Kinder toben über den Rasen, Hunde bellen – oder sind das … Ich kneife die Lider hinter der Sonnenbrille zusammen und schaue mir die Tiere genauer an. Ich wittere Wolfswandler, doch sie sind in Menschengestalt unterwegs, auch wenn ich sie nicht sehen kann. Es sind Mitglieder des Porter-Rudels. Nur die stinken nach den Schafen, die sie auf ihrer Farm halten.

Bilder von Nate tauchen in meinem Kopf auf. Sein unwiderstehliches Lächeln und die süßen Grübchen in der Wange, sein dichtes schwarzes Haar, die eisblauen Augen, seine breite Brust … Fuck, dieses Arschloch verfolgt mich noch immer!

Wird Zeit, dass ich meine Einkäufe erledige und zum Haus meiner Mutter fahre. Ich habe keine Lust, jemandem aus dem verfeindeten Porter-Rudel zu begegnen. Weder Nate Porter noch seinem Bruder noch sonst jemandem. Das würde nur düstere Erinnerungen hochkochen lassen, doch mit meiner Vergangenheit in Norwich habe ich abgeschlossen. Ich bin kein Mitglied des Burton-Rudels mehr und will auch nie wieder eines werden. Insofern bin ich raus aus der Schusslinie, aber bei den Porters weiß man nie. Die haben sich hier schon immer wie Könige aufgeführt.

Ich sperre den Wagen ab und wische meine vor Nervosität feuchten Hände an der Jeans ab. Dann gehe ich auf das große, weiß getünchte Haus zu. Josey's Gemischtwarenhandlung bildet neben einem Gasthaus, der Kirche, dem Rathaus und der Grundschule den Stadtkern. In Norwich hat sich nichts verändert. Dieses Kaff ist wirklich kein Vergleich zum hektischen New York. Sehr idyllisch ist es hier, doch der Schein trügt. Mein Leben hier war die Hölle. Nur Nate hat mich alles durchstehen lassen – bis er mir die schlimmste Wunde zugefügt hat, die noch immer nicht ganz verheilt ist.

Wir wollten es besser machen als unsere Eltern, wollten für Frieden zwischen unseren Rudeln sorgen und haben uns ewige Liebe geschworen – bis er vor meinen Augen mit der Kellnerin aus der Cotton Bar herumgeknutscht hat.

Als ich den Laden betrete, ertönt ein Glöckchen über meinem Kopf. Es ist dasselbe wie vor zehn Jahren. Auch an der Einrichtung hat sich nichts geändert, meterlange Regalreihen mit Lebensmitteln und anderen Gebrauchsgütern durchziehen das Geschäft. Nur Mr. Wesdon hinter der Kasse ist älter geworden. Sein einst graues Haar ist fast weiß und bloß noch spärlich vorhanden.

Sofort steht er auf, schiebt mit dem Zeigefinger die Hornbrille auf seinem Nasenrücken nach oben und kommt humpelnd auf mich zu. »Kann ich Ihnen helfen, Miss?«

Offenbar erkennt er mich nicht mehr. Gut. Ich habe keine Lust auf Erklärungen, warum ich mit blutjungen achtzehn Jahren regelrecht aus der Stadt geflohen bin.

»Nein, vielen Dank, ich komme klar.«

»Sind Sie auf der Durchreise?«, ruft er mir nach, während ich zwischen den Regalen verschwinde.

»Äh … ja!«

Er murmelt: »Unfreundliches Pack, diese Touristen«, und ich höre, wie er sich wieder in den quietschenden Drehstuhl hinter der Kasse setzt.

Seine Laune ist offenbar auch noch dieselbe.

Ich ziehe eine Packung Toastbrot und Käsescheiben aus dem Regal, danach mache ich mich auf die Suche nach Milch, Orangensaft und Obst. Ich werde nur das Nötigste kaufen, da ich nicht vorhabe, länger als eine, maximal zwei Nächte zu bleiben. Morgen früh treffe ich mich mit dem Makler, der alles Weitere für mich übernimmt, und sobald alles geregelt ist, fahre ich zurück nach New York, wobei ich einen Zwischenstopp bei Tante Rose und Onkel Chris einlegen möchte. Sie wohnen ein Stück außerhalb der Stadt.

Mum ist letzte Woche beerdigt worden, und ich bin immer noch froh, dass ich nicht bei der Einäscherung dabei war. Chris und Rose haben alles gemanagt. Warum sie nicht den Hausverkauf übernommen haben, verstehe ich nicht. Von mir aus hätten sie auch das Geld behalten können. Ich will nichts von dem, was meiner Mutter gehört hat. Ich komme allein klar, verdiene längst mein eigenes Geld als Chemielabortechnikerin und bin von niemandem abhängig.

Oder … Haben sie vielleicht einen Grund gebraucht, damit ich einmal in ihre Nähe komme? Ständig haben sie mich in den letzten Jahren gefragt, ob ich sie nicht besuchen möchte.

Wo ist denn jetzt die verdammte Milch?

Als ich das Bimmeln des Glöckchens an der Ladentür vernehme, zucken meine Ohren unwillkürlich. Meine Instinkte scheinen in diesem Kaff besser zu funktionieren als in der lärmenden und stinkenden Großstadt. Oder ich halluziniere, denn ich bilde mir ein, Nate zu riechen. Seinen animalischen, urigen Duft nach maskulinem Schweiß und wildem Wolf.

Ein wohliges Schaudern durchläuft mich, meine Brustwarzen ziehen sich zusammen.

»Nate, was brauchst du?«, höre ich Mr. Wesdon.

»Ich suche meinen Autoschlüssel.«

Seine Stimme, leicht dunkel und rauchig. Genau wie früher.

Mein Herz beginnt zu rasen, und ich bleibe stocksteif hinter dem Regal stehen. Bitte, er darf mich nicht entdecken!

»Hier ist kein Schlüssel abgegeben worden, Junge«, sagt Mr. Wesdon.

Junge? Ich bin mir sicher, dass Nate alles andere als ein Junge ist. Er wirkte damals schon so erwachsen und war ein richtiger Mann … und ein leidenschaftlicher Liebhaber. Ich hatte nie wieder so guten Sex wie mit ihm.

»Darf ich ihn suchen?«, fragt Nate.

»Natürlich, such nur. Ich bleibe sitzen, wenn es recht ist, meine Arthritis macht mir heute besonders zu schaffen.«

Bitte, lieber Gott, mach mich unsichtbar! Gibt es hier keine verdammte Hintertür?

Panisch blicke ich mich um, doch da ist bloß die Tür zum Lagerraum.

Erneut höre ich Nate: »Ich werde Tara sagen, dass sie Ihnen noch mal ihre Spezialkräutermischung vorbeibringen soll.«

»Du bist ein guter Junge«, murmelt Mr. Wesdon. »Ich wünschte, in unserer Stadt gäbe es mehr Männer wie dich.«

Ich kotze gleich. Warum schleimt sich der Alte bei Nate ein? Er ist alles andere als ein Engel. Wenn Mr. Wesdon wüsste, in was sich Nate verwandeln kann ... Aber die Menschen haben keine Ahnung. Sie würden uns jagen, töten und sezieren.

Plötzlich steht Nate vor mir und knurrt leise. »Verdammt, Hal, was machst du hier?«

Natürlich hat er mich längst gewittert. Groß und bedrohlich baut er sich vor mir auf.

Verflucht, dieser Kerl sieht sogar noch besser aus als früher. Sein Haar ist länger und reicht ihm fast bis zum Kinn. Der Bartschatten lässt seine Augen heller erscheinen, und eine feine Narbe zieht sich durch eine Braue. Er trägt tief auf den Hüften sitzende Jeans, die kaum verbergen können, wie gut er bestückt ist, und ein eng anliegendes blaues T-Shirt. Wow, der Kerl hat tatsächlich noch mehr Muskelmasse zugelegt.

»Ich freue mich auch, dich zu sehen«, antworte ich in einem sarkastischen Tonfall und drücke mich an ihm vorbei, um blindlings etwas aus einem Regal zu holen. »Und für dich *Mrs. Burton*.«

»Hazel«, zischt er und packt meinen Arm. »Du hättest nicht herkommen sollen.«

Ich reiße mich von ihm los und starre ihn finster an. »Ich kann hingehen, wo ich will!«

»Nicht … hierher«, knurrt er.

Warum ist er so feindselig? Schließlich war er derjenige, der mich betrogen und dabei noch gelacht hat, als wäre alles zwischen uns nur ein Spiel gewesen. »Ich musste herkommen. Meine Mutter ist gestorben.«

Sofort wird sein angespanntes Gesicht weicher. »Das habe ich gehört. Es tut mir leid.«

»Muss es nicht.« Er weiß schließlich, was sie mir angetan hat. »Ich habe nicht damit gerechnet, dass du dich noch hier rumtreibst. Sonst hätte ich mir in der letzten Raststätte was zu essen gekauft.« Mich wundert es wirklich, dass Nate nach wie vor in diesem Kaff lebt. Ob er immer noch auf der Farm seines Vaters arbeitet?

Ich versuche, unauffällig an ihm zu schnüffeln, um noch mehr Informationen über ihn zu erhalten, doch er kommt mir so nah, dass mich allein seine Präsenz völlig durcheinanderbringt.

Eindringlich mustert er mich von oben bis unten, und sein Blick bleibt am V-Ausschnitt meines T-Shirts hängen. »Erledige deine Angelegenheiten und verschwinde.«

Offenbar war der verlorene Schlüssel nur ein Vorwand. Er muss gesehen haben, wie ich angekommen bin. »Keine Sorge, das hatte ich vor. Hier hält mich nichts.«

Kurz flackert sein Blick. Verdammt, diese blauen Augen sind immer noch so faszinierend wie früher. Und seine sinnlichen Lippen befinden sich viel zu nah an meinem Mund. Beinahe kann ich mich erinnern, wie sie sich angefühlt und wie sie geschmeckt haben. Wie kann ein derart attraktiver Mensch nur solch einen hässlichen Charakter haben?

Als das Glöckchen ein weiteres Mal bimmelt, reißt er die Augen auf und drückt mir den Daumen auf die Lippen. Dann legt er den Kopf schief, und ich lausche ebenfalls.

»Zac!«, sagt Mr. Wesdon. »Suchst du deinen Bruder?«

»Nein.«

Nates Augen verengen sich, und er zerrt mich weiter nach hinten, auf die Tür des Lagers zu. Im Vorbeigehen holt er ein Deodorant aus dem Regal und sprüht mich und alles um uns herum damit ein.

Ich unterdrücke ein Niesen und wundere mich, was diese Aktion soll. Trotzdem halte ich den Mund. Ich kenne diesen düsteren Ausdruck in Nates Augen. Er ist eine Mischung aus Furcht und Entschlossenheit.

Hat er Angst vor seinem zwei Jahre jüngeren Bruder? Okay, der Kerl ist ebenfalls ein halber Schrank, aber Nate konnte er niemals das Wasser reichen.

»Ich wollte fragen, ob Sie meine Lieferung bekommen haben«, vernehme ich Zacs Stimme.

Fast geräuschlos öffnet Nate die Lagertür, drängt mich in den finsteren Raum und schließt hinter uns ab.

»Was soll das?«, zische ich und lege meine Einkäufe in einem leeren Regal ab.

Nate stellt das Deodorant daneben. »Mein Bruder oder jemand anderes aus meinem Rudel braucht dich nicht zu sehen.«

»Bist du bescheuert? Wir haben uns zufällig hier getroffen. Was soll er dagegen haben? Ich bin ohnehin spätestens übermorgen wieder weg. Ich will mit eurer Scheiße nichts zu tun haben.«

»Darum geht es nicht. Nicht allein.« Nates Augen scheinen im Dunkeln zu glühen, aber es ist nur das Restlicht, das unter der Türschwelle durchdringt und von seiner Netzhaut reflektiert wird. »Zac weiß nichts von uns. Er soll bloß *dich* nicht sehen.«

»Er wird mich ohnehin früher oder später wittern.«

»Nicht, wenn du dich gründlich duschst und mit einer parfümierten Creme einreibst. Das solltest du dringend tun.«

Spinnt der Kerl jetzt völlig? »Ich lasse mir von dir überhaupt nichts befehlen.« Ich möchte mich an ihm vorbeidrücken, doch er presst mich mit seinem Körper gegen die Wand und hält mir den Mund zu.

»Du wirst da nicht rausgehen, solange Zac in der Nähe ist.«

Mein Herz rast. Seine dominante Art hat mich als Jugendliche erregt, aber jetzt macht sie mich wütend. Ich bin kein eingeschüchtertes Mädchen mehr!

Als ein leises Knurren meine Kehle aufsteigt, nimmt er die Hand weg. »Bitte, Hazel.«

Schnaubend drücke ich meine Hände gegen seine Brust, doch er weicht nicht zurück und scheint wieder zu lauschen.

»Noch höherprozentigen Alkohol habe ich nicht auftreiben können, Zac«, sagt Mr. Wesdon. »Wird er reichen, um deine Tinkturen und Liköre herzustellen?«

»Alles bestens«, antwortet Zac.

Nun knurrt Nate leise. Offenbar gefällt es ihm nicht, dass sein Bruder das extraharte Zeug konsumiert, denn dass Zac den Alkohol nicht nur zu medizinischen Zwecken braucht, dürfte wohl klar sein. Zac hatte bereits mit fünfzehn ein Alkoholproblem, vermutlich hat sich das nicht geändert. In diesem Scheißkaff scheint sich wirklich gar nichts verändert zu haben.

»Klärst du mich bitte mal auf?«, frage ich leise.

»Da du bald wieder weg bist, brauchst du dich nicht mit unserem Kram zu belasten.«

Spricht er von Rudelangelegenheiten? Dann möchte ich es wirklich nicht wissen.

Das Glöckchen bimmelt, Zac hat den Laden verlassen, trotzdem weicht Nate nicht von mir – im Gegenteil. Er schiebt die Hände in mein Haar und schnüffelt an meinem Hals.

»Hey …«, hauche ich. Sein Atem und das Kitzeln seiner Nase schicken glühende Impulse durch meinen Körper. Verdammt, ich reagiere wie damals auf ihn. Er brauchte mich nur anzusehen, schon wurde ich weich, aber seine Berührungen lassen mich zerschmelzen.

»Du hast keinen Mann in New York, oder?«, raunt er.

»Geht dich nichts an!«

»Doch. Denn das wäre schlecht, die anderen könnten glauben, du willst vielleicht hier bleiben. Du solltest am besten gleich verschwinden.«

Was erzählt er für einen Mist? »Um zu verschwinden«, knurre ich, »müsstest du mich erst mal loslassen!«

»Du bist noch viel heißer als früher. Ein richtiges Weib«, grollt er. »Warum bist du allein?«

Weil mir ein Mistkerl einst das Herz gebrochen hat und ich seitdem keine Lust mehr auf Beziehungen verspüre!, möchte ich ihm am liebsten entgegenschreien, aber ich bin wie gelähmt. Mein Atem rast, und ich registriere voller Schrecken, dass sich meine Hände unter sein Shirt geschoben haben. Nates Haut am Rücken ist weich wie Seide.

Ich schließe die Augen, während sich meine Brüste an seinen Oberkörper pressen. Meine Nippel schmerzen, weil sie sich hart zusammengezogen haben, und meine Klitoris pocht zum Takt meines wild klopfenden Herzens.

Nate verströmt Testosteron pur, und ich will ihn. Meine Wölfin möchte sich erheben, mit diesem Kerl um die Wette laufen, rangeln, ihm spielerisch in den Nacken beißen. Ich kann mich gerade noch beherrschen, mich nicht zu verwandeln.

Ein Ziehen in der Schamgegend, das tief in meinen Unterleib fährt, erinnert mich daran, was Nate mir einst angetan hat. Er hat mich gebissen, von meinem Blut gekostet. Nur deshalb reagiere ich so stark auf ihn.

Ich will ihm deswegen böse sein und kann es nicht. Sein Blut fließt auch in mir, immer noch, wenn auch ganz schwach und für andere Wandler nicht wahrnehmbar. Daher spüre ich tief in meiner Seele, wie sehr er mich begehrt.

Ob er auch spüren kann, wie es in mir aussieht?

Er knurrt erneut und öffnet den Mund – seine Fänge blitzen im schwachen Licht auf. Er steht ebenfalls kurz vor der Verwandlung.

»Ich muss dich kosten, Hal, oder ich drehe durch.« Hart trifft sein Mund auf meine Lippen, und Nate drängt die Zunge in mich. Er schmeckt nach Wildnis, Leidenschaft und roher Stärke.

Unsere Anziehungskraft ist nach wie vor ungebrochen, und ich kralle die Finger in sein Haar, um seinen Kopf näher an mich zu ziehen.

Wir züngeln miteinander, unsere Fänge schlagen zusammen und schaben an unseren Lippen. Nate fügt mir eine kleine Bisswunde zu – sofort schmecke ich mein Blut. Er stöhnt auf und saugt an meiner Unterlippe, und ich treibe die scharfe Spitze meines Eckzahnes ebenfalls in seine Haut. Das metallische Aroma explodiert auf meiner Zunge, und ich schlucke gierig die wenigen Tropfen seines Lebenssaftes. Himmel, wir erneuern unseren Bund, das dürfen wir nicht! Ich werde wieder wochenlang von ihm träumen und in seiner Nähe mental mit ihm verbunden sein, bis die Wirkung allmählich nachlässt.

»Am liebsten möchte ich dich ficken, Hal«, knurrt er, »und ich weiß, dass du das auch willst. Ich kann dich riechen, du bist bereit für mich.«

»Dann fick mich, Nate.« Verdammtes Blut, verdammte Gier!

Ich bin kaum noch Herrscherin über meinen Körper und fasse in seinen Schritt. Er ist hart, und ich sehne mich nach seinem dicken Schwanz.

»Ich kann dich nicht haben, Hazel. Früher nicht und auch nicht in Zukunft.« Seine Stimme klingt so rau, dass ich ihn kaum verstehe.

»Hast du eine andere?« Ich könnte es nicht ertragen, wenn er Ja sagt. Allerdings wittere ich kein fremdes Blut in ihm.

»Nein, keine Gefährtin.«

Keine ... Gefährtin. Also hat er den Schwur bisher mit keiner anderen vollzogen. Warum? Ich verstehe plötzlich nichts mehr.

»Hasst du immer noch alles hier?«, fragt er, und ich nicke.

Bis auf dich ... Shit, ich bin ihm immer noch verfallen. Was treibt er für ein Spiel? Manipuliert er mich schon wieder?

Obwohl mich ein letzter Funken Verstand zurückhalten möchte, reibe ich provozierend mit der Handfläche durch den Stoff seiner Jeans über seine Erektion. »Wenn du also ungebunden bist, kannst du mich ficken. Und wie du kannst.«

Es gefällt ihm, das höre ich an seinem lustvollen Knurren.

Mein Slip ist durchtränkt von meiner Creme, und ich schlinge ein Bein um ihn, um den Druck auf meine Klitoris zu erhöhen. Ich brauche Erlösung, oder ich zerspringe!

»Kann nicht …«, grollt er, lässt mich jedoch nicht los. Stattdessen saugt er weiterhin an meiner Lippe und drängt den Unterleib an meinen Schoß.

»Du bist verwirrt, Nate.« Für den Bruchteil einer Sekunde sehe ich seine Gedanken. Ich liege nackt unter ihm, und er fickt mich wild und fest, dann dreht er mich um, leckt mich aus und nimmt mich von hinten.

Ja, das will ich auch, denke ich und weiß, dass er meine Wünsche erraten kann. Unsere Blutsverbindung ist frisch, und wir sind uns nah, sehr nah. Beinahe sind wir eins, wie früher.

»Du musst gehen. Jetzt!« Mit diesen Worten reißt er sich urplötzlich von mir los und verlässt den Raum.

»Was?«, hauche ich.

Meine Knie geben nach, und zitternd sinke ich an der Wand nach unten in die Hocke.

Scheiße, er lässt mich einfach in diesem Zustand zurück? Er muss sich doch daran erinnern, was mit mir passiert, wenn er mich erregt und dann einfach stehen lässt. Dieses Spiel hat er früher öfter gespielt, um mich noch wilder und geiler auf ihn zu machen.

Ich hatte ein paar One-Night-Stands, denn für gewöhnlich nehme ich mir, was ich brauche, aber kein Mann hat je dieses Feuer in mir entfacht.

Und jetzt lässt er mich allein? Ich habe gefühlt, wie sehr er es auch will!

Na ja, er hat schließlich schon früher mit mir gespielt, warum sollte es jetzt anders sein?

Leider habe ich auch diesen düsteren Teil in ihm gefühlt, diese verborgene Seite, die er immer schon versucht hat, vor mir zu verstecken. Er hat Geheimnisse, nach wie vor.

Verflucht seist du Nate!

Langsam klärt sich mein Verstand. Was ist eben passiert? Ich hätte zugelassen, dass Nate über mich herfällt! Ja, ich hätte mich von ihm ficken lassen, weil ich immer noch so scharf auf ihn bin wie damals. Dabei hat er wieder nur mit mir gespielt, mich verarscht und einfach fallen lassen.

Früher bin ich weggelaufen, aber jetzt werde ich mich an dir rächen. Verlass dich drauf!

Ich koche immer noch vor Erregung und Rachegelüsten gleichermaßen, als ich den Mini vor dem kleinen Haus meiner Mutter parke und aussteige. Die Dämmerung bricht herein, die Nacht steht kurz bevor. Wie gruslig dieser Ort ist, den ich zehn Jahre lang nicht mehr gesehen habe, wird mir gerade wieder bewusst.

Das Haus ist vom Wald beinahe völlig eingeschlossen und das Holz stellenweise verwittert. Düster und wie tot steht es vor mir und scheint mich mit seinen vergilbten Fenstern anklagend anzustarren. Als ob ich selbst schuld an allem wäre, schuld daran, dass Mum mich festgekettet und geschlagen hat, dieses zugedröhnte Miststück!

Ich blinzele Tränen weg und atme auf. Es ist vorbei, sie wird mir nie wieder wehtun und auch sonst keiner. Ich bin kein Kind mehr. Heute kann ich mich wehren.

Ich schüttele mich und gehe durch den verwilderten Vorgarten, dann steige ich die wenigen Stufen auf die Veranda. Auch hier sieht alles noch genau so aus wie früher.

Ob die Zeitrechnung diese Stadt vergessen hat?

Als ich die Fliegengittertür öffne, um die Haustür aufzusperren – der Schlüssel liegt nach wie vor unter einem Blumentopf –, dringt mir sofort Modergeruch entgegen. Das Haus ist feucht, war es schon immer, weil der nahe gelegene Fluss hin und wieder über die Ufer tritt. Dieses Relikt muss abgerissen werden, daran führt kein Weg vorbei. Und ich weiß auch nicht wirklich, ob ich hier übernachten will. Besser, ich nehme mir ein Zimmer im Gasthaus.

Ich muss kein Licht machen, weil meine scharfen Augen in der Düsternis alles erkennen. Töpfe stapeln sich in der Küche, auf dem Tisch liegen eine Menge Zeitschriften, im

Wohnzimmer steht immer noch die uralte braune Couch ...
und Mums Rollstuhl. In den letzten Monaten hat sie nicht
mehr laufen können. Der Krebs hatte sich durch ihren Körper gefressen, doch sie wollte sich nicht behandeln lassen,
hat mir Tante Rose erzählt. Zu groß ist die Gefahr heutzutage, dass Ärzte die Mutationen in unserem Körper bemer-
ken. Zum Glück haben wir ein sehr gutes Immunsystem
und außerordentliche Selbstheilungskräfte, außerdem gibt
es spezielle Ärzte, zu denen wir gehen können. Eingeweih-
te, oder Wandler wie wir. Nicht in jeder Stadt bekriegen
sich verschiedene Rudel. Hier schon. Die Burtons und Porters sind bereits seit über einem Jahrhundert verfeindet –
die genaue Ursache kennt heute niemand mehr. Die einen
behaupten, beide Alphas hätten sich über Land gestritten,
andere sagen, dass sich beide Rudel wegen einer angeblich
gestohlenen Kuh fast ausgelöscht hätten und es deshalb
ein Massaker gab. Einfach lächerlich.

Doch die Furcht, unsere Rasse könne entdeckt werden,
war nicht der Grund, warum Mum nicht zum Doc gegangen ist, sagt Rose. Sie meint, meine Mutter wollte büßen
für das, was sie mir angetan hat. Deshalb versagten auch
ihre Selbstheilungskräfte.

Ich glaube, Mum war nicht nur drogenabhängig, sondern auch psychisch schwer krank. Sie hatte oft regelrechte
Aussetzer.

Je weiter ich durch das Haus gehe, desto mehr Erinnerungen werden wach. Ich war drei Jahre alt, als mich meine Mutter das erste Mal in einen Käfig sperrte, der mit Sicherheit immer noch im Keller steht. Der Nachbarjunge
hat einem Schmetterling die Flügel ausgerissen, und ich
wurde wütend. Dann habe ich ihm wehgetan. Ich wollte
das nicht, aber plötzlich hatte ich Krallen anstatt Fingernä-

gel ...

Überhaupt war ich ein wildes Kind, allerdings sind das die meisten Wolfswandler. Wir brauchen mehr Bewegung und regelmäßig Auslauf – den ich mir in New York im Fitnessstudio auf dem Laufband hole oder indem ich durch den Central Park jogge.

Mum hat mir zu wenig Freiheit gegönnt. Sie sagte immer, sie habe Angst, die Porters könnten mir wehtun. Dabei wollte sie nur ungestört kiffen und sich nicht um mich kümmern müssen oder mit mir gemeinsam durch den Wald laufen.

Ich will gar nicht in den ersten Stock gehen, um mein altes Zimmer zu sehen, daher bin ich froh, dass es hier unten eine Dusche gibt. Nates Duft klebt überall an mir, und das macht mich aggressiv.

Mum hat sein Geruch auch aggressiv gemacht – vielleicht war es aber auch das viele Gras, das sie ständig geraucht hat. Ich erinnere mich noch gut an den Tag, an dem ich vergessen hatte, nach dem Treffen mit Nate seinen Duft zu übertünchen. Mum ist fast ausgetickt und wollte mich wieder anleinen, wie damals als Kind. Sogar mit dem Käfig hat sie mir gedroht. Und schließlich kam sie zu der Entscheidung, mich wegzuschicken, zu entfernten Verwandten nach New York, die zwar von Mums und meiner Andersartigkeit wussten, jedoch kein Problem damit hatten.

Mum war schon immer eine frustrierte Frau, vielleicht hat sie auch deshalb Krebs bekommen. Sie war aufgebracht, weil sie mich allein erziehen sowie das Rudel leiten musste, und immer überfordert. Dad, unser Alpha, war nach einem Kampf mit dem Porter-Rudel gestorben, als sie mit mir schwanger war. Hat sie mir zumindest erzählt. Jahre später habe ich Zeitungsberichte gefunden, dass er betrunken gegen einen Baum gefahren ist.

Als ich sie damit konfrontierte, hat sie sich verwandelt und mich stundenlang durch den Wald gehetzt. Ich habe wirklich gedacht, sie wollte mich umbringen.

Sie war eine Lügnerin und hat sogar behauptet, sie würde mich nur anleinen, weil sie Angst um mich hätte, dass die Porters mich töten würden, genau wie ihren Mann.

Warum hätten sie das tun sollen? Ich habe mich ihrem Revier nie genähert, zumindest nicht ohne Nate. Und in der heutigen Zeit ist ein Mord auch schwerer zu vertuschen. Fehde hin oder her, wir müssen vorsichtig sein, schließlich leben wir nicht mehr im Mittelalter.

Nate und ich waren sehr vorsichtig. Wir gingen auf dieselbe Highschool in der Nachbarstadt – was die Rudel tolerieren mussten, schließlich gab es neben der Grundschule keine andere Bildungseinrichtung in der Nähe. Deshalb hafteten täglich viele Gerüche an mir. Auch fuhren wir mit demselben Bus. Dort sind wir uns mit fünfzehn Jahren nähergekommen. Ein Schüler aus der Oberstufe hatte meine Freundin Melly vom Sitz gezogen, weil er in der letzten Reihe sitzen wollte. Ich wurde wütend und wollte dem Typen schon an die Gurgel springen, da hat Nate mich aufgehalten. Er hat mich gleich nach der Ankunft in der Schule zur Seite genommen und mich wüst beschimpft, dass ich mein Temperament zügeln solle, oder wir würden eines Tages alle auffliegen.

Oh, ich war sauer auf ihn und seine überhebliche Art, denn er hatte mir nichts zu befehlen. Also habe ich mir einen Spaß daraus gemacht, ihn zu reizen, und habe ständig heikle Situationen herbeigeführt – was mich einmal fast einen Verweis gekostet hätte.

Irgendwann hat Nate mich dann nach Schulschluss durch

den angrenzenden Wald gejagt und mich gefasst. In Wolfsgestalt hat er seine Fänge in meinen Nacken geschlagen
und mich unterworfen. Schwer atmend haben wir uns zurückverwandelt und lagen nackt auf dem weichen Moos.
Wir haben uns eine Weile angestarrt, bevor sich Nate auf
mich gelegt und mich geküsst hat.

Ich werde nie vergessen, wie sich sein großer, warmer
Körper auf mir angefühlt hat.

Von da an haben wir uns jeden Tag nach der Schule
heimlich irgendwo getroffen, sind durch die Wälder gelaufen und haben es ständig miteinander getrieben.

Ach, verdammt, ich muss endlich seinen Geruch loswerden, oder die Erinnerungen werden mich nicht loslassen.

Schnell ziehe ich mich aus, steige unter die Dusche, sei-
fe mich gründlich ein und rubble mich schließlich lange
trocken. Doch das alles hilft nichts. Nates Blut ist in mir
und bringt meine Haut zum Kribbeln.

Nackt tigere ich durch die Wohnung und fluche, weil
ich meinen Koffer im Auto vergessen habe. Natürlich könnte ich ihn holen, hier ist niemand, der mich sehen würde.

Ach, egal, ich fühle mich nackt wohl. Wir Wandler emp-
finden Kleidung ohnehin als störend und tragen sie nur,
um nicht aufzufallen. Die ganzen Nudisten-Camps sind voller Wandler, der normale Mensch ist meist zu schamhaft
und prüde, um sich unbekleidet bewegen zu wollen.

Urplötzlich erwacht in mir der Drang, mit meinem ehe-
maligen Rudel zu laufen, mit Tante Rosa und Onkel Chris
und den drei anderen Mitgliedern. Doch soweit ich gehört
habe, leben nur noch Rosa und Chris in der Nähe, das Rudel ist aufgelöst, es gibt keinen Anführer mehr, seit Mum
tot ist. Ich werde nie verstehen, warum sie nach Dads Un-
fall zum Anführer wurde.

Ich muss mich bewegen, muss an die frische Luft, oder es zerreißt mich!

Zum ersten Mal seit zehn Jahren verwandele ich mich wieder vollständig in einen Wolf. Es tut ein wenig weh, weil ich eingerostet bin, daher jaule ich leise, während sich Knochen, Muskeln und Sehnen in Sekundenschnelle verschieben und Fell aus meiner Haut sprießt. Am unangenehmsten ist die Verformung des Schädels, mein Kopf knackst und kracht – dann ist es vorbei und ich tapse auf vier Pfoten durchs Haus, stoße mit der Schnauze die Tür auf und renne los.

Es ist fast dunkel, und ich fliege über Wiesen und durch Wälder, jage Kaninchen und schrecke Vögel auf. In Wolfsgestalt sind meine Sinne noch sensibler, ich rieche, höre und sehe besser. Die zahlreichen Eindrücke strömen von allen Seiten auf mich ein, und ich lasse mich fallen, rolle über den Boden und lecke über mein hellbraunes Fell oberhalb der Pfote, um zu fühlen und zu schmecken, dass ich wirklich verwandelt bin.

Ich genieße die Natur, die Stille, die Einsamkeit. Meilenweit gibt es keine Menschen, doch auf einmal spüre ich *ihn*. Nate ist in der Nähe!

Befinde ich mich schon auf feindlichem Territorium? Ja, ich rieche alte Duftspuren der anderen Wandler.

Er sucht nach mir, und ich heule für ihn, da ich will, dass er mich findet. Ich will meine Rache, auch wenn ich nicht weiß, wie die aussehen soll, denn mein Blut kocht noch immer und meine Erregung wird nicht abnehmen, bevor er mir nicht Erlösung verschafft.

Ich kehre um, und Nate verfolgt mich. Er bellt, noch ist er weit weg, aber jemand anderes ist in der Nähe. Hinter mir knurrt es, dann springt mich ein Wolf an und treibt seine Klauen in mein Rückenfell.

Es ist Zac, ich kann ihn riechen! Die Ausdünstungen von hochprozentigem Alkohol haften ihm an. Er versucht, mich am Nacken zu beißen, um mich herunterzudrücken. Er will mich töten, ich wittere seine Wut!

Warum will er mich umbringen? Nur weil ich auf Porter-Land bin?

Ich fauche und zeige ihm deutlich, dass ich mich wehren werde, aber Zac lässt mich nicht los. Er ist viel stärker als ich, doch meine Panik gibt mir Kraft. Ich schmeiße ihn von mir, da rammt er mich seitlich, sodass ich mit dem Kopf gegen einen Baumstamm krache.

Ein scharfer Schmerz schießt durch meinen Schädel, schwarze Flecken tanzen vor meinen Augen. Benommen gehe ich zu Boden, und sofort wirft sich Zac auf mich. Seine grünen Augen funkeln bedrohlich, ich rieche seinen Hass.

Ich versuche, mich zurückzuwandeln, aber es klappt nicht, ich bin zu benebelt. Erst wenn ich das Bewusstsein verliere, werde ich automatisch meine menschliche Gestalt annehmen, doch ich möchte Zac nicht die Gelegenheit bieten, mich so einfach töten zu können. Wird er mir überhaupt ein schnelles Ende bereiten? Oder wird er mich vor meinem Tod noch …

Oh Gott, ich, nackt im tiefen Wald und allein mit diesem Schrank von Mann! Ich habe Gerüchte gehört. Er war früher nicht nett zu seinen Mädchen. In meiner Wolfsgestalt kann ich mich besser wehren und bin weniger verletzbar.

Ich winsle, in der Hoffnung, er wird mich verschonen – da höre ich ein weiteres Knurren. Es ist Nate, er ist da! Ich würde diese hellblauen Augen und seinen Duft immer erkennen. Er kämpft mit Zac; schwarzweißes Fell vermengt sich mit dem braunen seines Bruders.

Nate ... er ist hier, er wird mich beschützen! Ich weiß es einfach, und da ich so sicher bin, heiße ich die Ohnmacht willkommen.

Mein Körper wird durchgerüttelt. Als ich es zustande bringe, meine bleischweren Lider zu heben, sehe ich den Nachthimmel. Kurz erblicke ich Nates verschwitztes Gesicht und registriere, dass er mit mir in den Armen durch den Wald läuft und hitzig mit Zac diskutiert, bevor ich erneut wegdrifte.

Als ich das nächste Mal die Augen öffne, legt Nate mich auf den Rücksitz eines Wagens. Die Krallenverletzungen an meinen Schulterblättern verheilen bereits und schmerzen kaum noch, dafür brummt mein Schädel heftig. Ich erkenne mehrere nackte Männer und Frauen, die um das Auto herumstehen, dann umhüllt mich wieder Schwärze.

Bei meinem nächsten Auftauchen aus der Dunkelheit vernehme ich Stimmen.

»Kettet sie in der Scheune an den Pfosten!« Ist das Zac?

»Hier bestimme immer noch ich!«

Nate …

Ich werde auf den Boden gelegt, etwas pikst in meinen Rücken. Meine Arme werden angehoben, ich höre ein Klirren.

Als ich es schaffe, die Lider zu öffnen, erspähe ich über mir einen Pfahl, von dem eine dicke Kette herabhängt. Sie ist verbunden mit den Eisenschellen an meinen Handgelenken.

Sie haben mich gefesselt!

Nackt und verwundbar liege ich auf dem Boden einer Scheune. Es ist dunkel, nur eine alte Glühbirne spendet Licht. Ich rieche die Schafe im Stall, kann sie hören. Stroh wurde auf dem erdigen Boden verteilt und juckt auf meiner Haut.

»Nate …«, wispere ich und suche nach ihm. Noch habe ich meine Kräfte nicht zurückerlangt und fühle mich schwach und elend, doch die Heilung schreitet schnell voran.

Nate steht in der Mitte der Scheune, umgeben von ungefähr fünfzehn Männern und Frauen, und diskutiert erneut mit seinem Bruder. Alle sind nackt, Alte wie Junge. Offenbar waren sie bis vor Kurzem in Wolfsgestalt unterwegs.

Kinder sehe ich keine. Anscheinend ist das, was das Rudel mit mir vorhat, nicht für ihre Augen bestimmt.

Oh Gott, sie werden mich doch nicht töten, weil ich in ihr Territorium eingedrungen bin?

Vermutlich befinden wir uns auf der Farm der Porters. Ich war niemals hier, nur ein paar Mal im Grenzgebiet, heimlich mit Nate. Aber wo sollten sie mich auch sonst hingebracht haben?

Warum hat Nate zugelassen, dass man mich ankettet?

Weil er muss. Er ist der Alpha, sein Rudel ist hier, er darf keine Schwäche zeigen, nichts falsch machen. Er hat sich an die Regeln zu halten. Alle Blicke sind auf ihn gerichtet.

Nach dem Tod seines Vaters – ein Jäger hatte Burt Porter an dem Tag erschossen, als ich nach New York gegangen bin – ist Nate der Alpha geworden. Es musste furchtbar für ihn gewesen sein, seinen Dad und Anführer zu verlieren, und ich habe immerzu daran denken müssen, dass ihn wahrscheinlich die Schlampe aus der Bar über diese schwere Zeit hinweggetröstet hat. Dabei hätte ich für ihn da sein wollen, für ihn da sein *müssen*! Ich habe seinen Schmerz selbst noch in New York gespürt.

Seine Mutter hingegen ist schon lange tot, sie starb bei der Geburt von Zac. Nate hatte also nur diese Schlampe …

»Ist sie das? Ist das Hazel Burton?«, fragen einige und deuten verächtlich auf mich.

»Ja, das ist sie!« Zac spuckt vor mir auf den Boden.

»Aber sie war es nicht!«, ruft Nate.

Was war ich nicht? Auf ihrem Land? Geht es darum? Warum sind sie so aufgebracht?

»Wir haben gesagt, dass wir diese Sache vergessen und nie mehr darüber reden!« Nates Stimme wird lauter.

»Du kannst mich nicht länger für dumm verkaufen, Bruder. Du weißt alles!«

Erneut starre ich auf den dicken Pfahl, an den sie mich gekettet haben. Ich werde mich niemals losmachen können. Die Schellen sind mit Federn ausgestattet und so konzipiert, dass sie sich um meine Gelenke zuziehen, sollte ich meine Wolfsgestalt annehmen. Mit solchen Schellen werden Wandler gefesselt, die sich zum ersten Mal vollständig verwandeln, was mit etwa acht Jahren der Fall ist. Davor können wir nur unsere Krallen und Fänge ausfahren.

Die jungen Wandler sind beim ersten Mal oft überfordert mit der Situation und laufen weg, was sie in unnötige Gefahr bringt. Allein deshalb werden sie gefesselt.

»Du hast sie gebissen, als sie in die Stadt kam, damit *ich* sie nicht töte!« Zac hat sich vor Nate aufgebaut und brüllt ihn an. »Oder hattest du Angst, ich würde sie dir wegnehmen? Weil du weißt, dass ich keine will, die *du* schon hattest? Hast du sie auch gefickt? Hast du dich etwa mit ihr verbündet, hattet ihr alles geplant?«

Wovon spricht Zac, verdammt? Ich will Nate fragen, doch es liegen so viele böse Schwingungen in der Luft, dass ich lieber den Mund halte.

»Nein, du bist unschuldig, definitiv.« Eine schwarzhaarige Schönheit hockt sich neben mich, wobei ihre Beine auseinanderklappen und ich alles sehen kann. Feuchtigkeit glitzert zwischen ihren Schamlippen. Sie ist erregt, ich kann ihren Duft wahrnehmen.

Unschuldig? Was meint sie damit? Alle hier scheinen mehr zu wissen als ich.

»Ein Alpha, der keine Gefährtin hat, darf sich jede ungebundene Frau des Rudels zu seinem Vergnügen nehmen«, erklärt mir Black Beauty, als ob sie bewusst das Thema wechseln oder mir das absichtlich unter die Nase reiben will. Ich kenne die Regeln.

Eine zweite Frau, die genau so aussieht, taucht in meinem Blickfeld auf und grinst mich an. Es sind Zwillinge! Ich schätze sie auf Mitte zwanzig, und sie scheinen wie aus einem Modelkatalog entsprungen.

Nate war mit ihnen im Bett? Mein Magen verkrampft sich.

Ja, ich rieche Nate an ihnen. Er hat sie vor noch nicht allzu langer Zeit bestiegen.

Natürlich hat er das, er ist der Alpha, er hat das Recht dazu. Er ist jung und attraktiv und hatte schon immer einen unstillbaren Hunger nach Sex. Den hatte ich auch, doch ich habe mich all die Jahre zurückgehalten, mir meist selbst Befriedigung verschafft oder … Na ja, ich gebe zu, hin und wieder habe ich mir einen Mann gegönnt.

Ich schaue mich weiter in der Scheune um. Eine Rothaarige, etwa dreißig, und eine blutjunge Blonde verschränken die Arme vor der Brust und starren auf den Boden.

Nate hatte also mit diesen vier Frauen Sex? Und wer weiß, mit wie vielen außerhalb des Rudels noch?

Warum tut es weh, das zu erfahren?

Ich bin zu lange kein Rudelmitglied mehr und eher mit den Gebräuchen der normalen Menschen vertraut, sonst würde mir das weniger ausmachen.

Nate wirft mir einen kurzen, intensiven Blick zu, als ob er mich abscannt, anschließend wendet er sich wieder an Zac. »Vielleicht hättest du nicht so scharf auf deinen Alkohol sein sollen, dann wäre dein Verstand nicht so vernebelt!«

»Ich brauche den Alkohol nur, um Tinkturen und Kosmetik herzustellen!«

Nate knurrt leise. »Und was ist mit den Likören? Du stellst sie nicht nur her, du säufst sie auch!«

»Jetzt lenk nicht vom Thema ab!« Zac schleicht um Nate herum und mustert ihn mit funkelnden Augen, wobei er die Hände zu Fäusten geballt hat. »Gib endlich zu, dass du Hazel vor Kurzem gebissen hast. Ich rieche ihr Blut in dir, Bruder!«

»Zac ist auf der Suche nach einer Gefährtin«, flüstert mir Black Beauty Nummer eins zu. »Und er will keine, in der Nate schon war. Dabei sind sie doch Brüder. Tia und ich teilen schließlich auch alles.« Schmunzelnd zwinkert sie mir zu, dann geht sie um mich herum, und ich kneife instinktiv die Schenkel zusammen. Nicht, weil ich mich schäme, nackt zu sein, sondern damit sie mein Geheimnis nicht entdeckt.

»Ja, ich habe sie gebissen, damit keiner von euch denkt, dass sie zurückgekommen ist, um ein neues Rudel zu gründen.«

Nate wollte mich … beschützen?

»Es gibt nur noch zwei Burtons hier, Chris und Rose, und ich plädiere schon lange dafür, dass sie den Schutz unseres Rudels genießen dürfen. Ich will diese alte Fehde endlich beenden!«

Er will die letzten zwei Mitglieder des Burton-Rudels tatsächlich aufnehmen? Mein Herz rast vor Hoffnung und Aufregung gleichermaßen.

»Das können wir später ausdiskutieren, obwohl du meine Meinung kennst, Bruder«, knurrt Zac. »Hazel gehört mir! Ich kann mit ihr machen, was ich will. Ich habe sie auf unserem Territorium gefunden!«

Also geht es doch darum? Dass ich auf ihr Land gekommen bin?

Am liebsten möchte ich dazwischenrufen: *Ich gehöre keinem!*, aber die beiden stehen kurz vor der Explosion. Aggression und Rivalität liegen in der Luft.

Nate knurrt. »Wenn sie jemandem gehört, dann mir. Sie trägt *mein* Mal! Und deshalb entscheide ich, was mit ihr passiert!«

Ich halte die Luft an, als die Wahrheit seinen Mund verlässt, und auch die anderen Wandler knurren leise vor Überraschung.

Zu mir gewandt, sagt er: »Zeig es ihnen, Hazel.«

Ich zögere kurz, aber dann öffne ich schnell die Beine und schließe sie hektisch wieder. Natürlich hat niemand etwas erkannt, das Mal ist innen, zwischen meinen Schamlippen. Auf der rechten, um genau zu sein.

Blacky Nummer eins und Tia knien sich neben mich und ziehen meine Beine so weit auseinander, dass ich fast einen Spagat mache.

Nun kann es jeder sehen. Nun kann jeder *alles* sehen!

Die Wandler schleichen um mich herum und gehen kurz vor mir in die Hocke, um das Mal zu betrachten. Einige schnüffeln auch an mir. Sie werden Nates Blut in mir ebenfalls riechen können.

Nate hat mich einst gezeichnet und als die Seine markiert, als ich siebzehn Jahre alt war. Damals hatten wir mit der Schule einen einwöchigen Ausflug unternommen, und dort ist es passiert, damit niemand aus dem Rudel etwas an uns riechen konnte. Denn der Blutduft haftet nur für drei Tage an einem Wandler.

Als er seine Fänge in mich trieb, war er verdammt vorsichtig. Durch den Schmerz und sein gieriges Saugen bin ich zum Höhepunkt gekommen. Dieses Erlebnis werde ich nie vergessen, denn man wird schließlich nicht jeden Tag die Gefährtin eines Wandlers. Die Zeremonie muss nach alten Ritualen vollzogen werden, lateinische Sprüche werden gemurmelt, Liebesschwüre ausgetauscht.

Zac schnaubt. »Wo ist *dein* Mal? Ich habe nie eins an dir gesehen!«

Nate hebt seinen Penis an und zieht den Hodensack nach oben, damit jeder die zwei feinen Punkte am Ansatz seines Damms erkennen kann.

Ein Knurren macht die Runde.

Ja, wir waren sehr vorsichtig. Nate hatte gebrüllt vor Schmerzen, als ich meine Fänge in seinen Damm getrieben habe. Deshalb dachte ich immer, es sei ihm wirklich ernst mit mir, dabei wollte er das Mal offenbar nur versteckt halten, damit er mit anderen Weibern aus dem Rudel ficken kann. Niemand hätte es sonst gewagt, ihn anzurühren, wenn die Gefährtin – wenn *ich* – nicht die Erlaubnis dazu erteile.

Warum ist es ihm jetzt so wichtig, dass jeder weiß, was damals passiert ist? Nur wegen der Alpha-Sache? Ich habe sicher keine Lust, ein neues Rudel zu gründen.

»Deshalb beschützt du sie also, weil ihr beide ...« Zac schüttelt schnaubend den Kopf. »Ich fasse es nicht! Steckst du mit drin, Bruder?«

»Niemand hier hat irgendwas verbrochen!«, antwortet

Nate.

Die schwarzhaarigen Schönheiten halten immer noch meine Beine gespreizt und betrachten interessiert meine intimste Stelle. Nummer eins ist sogar so dreist und schiebt einen Finger in mich.

Ich stöhne auf und biege den Rücken durch. Meine Erregung hat nicht abgenommen, immer noch warte ich darauf, dass Nate mich erlöst.

Er starrt zu uns, und sein Penis füllt sich langsam mit Blut, während die Frau mich fingert.

Die Situation ist abstrus, ich bin gefesselt, ihnen allen ausgeliefert. Ich wälze mich wie eine läufige Hündin im Dreck und lechze danach, dass diese Schlampe, die offenbar schon mehrfach Sex mit Nate hatte – so geifernd wie sie ihn anschaut –, an meinem Kitzler reibt.

Sie lacht. »Hazel hat nicht die geringste Veranlagung zum Alpha. Sie ist unterwürfig und hingebungsvoll. Kein Wunder, dass du sie begehrst, Nate.«

Er stößt eine knurrende Warnung aus, weil sie sich zu viel herausnimmt, befiehlt ihr jedoch nicht, von mir zu lassen. Ist er vielleicht froh, dass die Frau mich fingert, damit die anderen von einem viel unangenehmeren Thema abgelenkt werden? Trotz meiner Erregung spüre ich, dass Nate mir etwas Bedeutsames verheimlicht. Ich kann allerdings nicht tiefer nachforschen, weil es mich anmacht, dass die zwei Frauen meine Beine auseinanderhalten und Nate alles sehen kann, und ihm gefällt es offenbar auch.

»Lass sie in Ruhe, Tara«, raunt er, und die Frau zieht ihren Finger heraus. Genüsslich leckt sie ihn ab und sagt: »Du hast sie nicht gefickt, Nate. Nicht in den letzten Tagen. Aber sie ist mehr als bereit für dich.«

Zac knurrt ihn an. »Du hast die Burton-Schlampe also

schon früher gehabt. Du hast mit ihr die Zeremonie vollzogen!«

Nate fährt sich durch sein schwarzes Haar. Ich sehe ihm die Anspannung an, doch er bleibt äußerlich kühl. »Es wird Zeit, dass wir diese uralte Fehde endlich vergessen, Bruder. Sie hat beiden Seiten nichts als Trauer und Ärger gebracht.«

Schnaubend schüttelt Zac den Kopf. »Du willst mit Vaters Regeln brechen?«

»Er ist lange tot und nicht mehr unser Alpha!« Nate wird immer lauter. »Ich bin euer Rudelführer, ich kann meine eigenen Gesetze machen, aber das scheinst du ständig zu vergessen!«

»Hast du ihn etwa umgebracht? Ich fühle, dass du mir etwas verheimlichst, und das schon ewig!«

Scharf atme ich ein. Er bezichtigt Nate des Mordes?

Plötzlich greift Zac an und legt die Hände um Nates Hals. »Du hast gegen die Regeln verstoßen. Du bist nicht länger würdig, unser Alpha zu sein!«

»Ich habe niemanden umgebracht!«

Einen Wimpernschlag später haben sich Nate und Zac in Wölfe verwandelt. Knurrend greifen sie sich an, versuchen sich zu beißen und den Schwächeren unter sich zu bringen.

Die anderen Wandler machen Platz und treten zurück, wann immer die beiden ihnen zu nahe kommen. Auch ich dränge mich an den Pfahl, und die Zwillinge stellen sich dahinter.

Zac beschuldigt Nate am Tod ihres Vaters? Was geht hier vor?

Als hätte Zac Tollwut, greift er Nate unentwegt an und versucht ihm in die Kehle zu beißen oder mit den Krallen andere empfindliche Stellen zu erwischen.

Doch Nate ist geschickt, er weicht aus und nutzt Zacs hitzige Attacken, um ihn ins Leere laufen zu lassen und danach selbst anzugreifen – bis Zac schließlich winselnd unter ihm liegt. Nate hat sich in seiner Kehle verbissen. Er könnte Zac mit Leichtigkeit töten, aber das tut er nicht, stattdessen lässt er von ihm ab und wandelt sich zurück.

Auch Zac erlangt seine Menschengestalt wieder. Schwer atmend und aus einigen Biss- und Kratzwunden blutend liegt er am Boden, während Nate aufsteht. Er hat nur einen tiefen Kratzer an der Brust abbekommen, ansonsten scheint er unverletzt zu sein.

»Macht Hazel los!«, befiehlt er Tara und ihrer Schwester. »Und bringt sie ins Haus. Sie braucht dringend ein Bad.«

Zehn Minuten später sitze ich in einer riesigen Wanne, die eher einem kleinen Pool gleicht, und bin bis zum Hals mit duftendem Schaum und warmem Wasser bedeckt. Tia und Tara laufen um die freistehende Wanne herum, legen Handtücher auf die Heizung und zünden Kerzen an.

Was soll das alles? Was hat Nate vor? Und wo steckt er überhaupt?

»Wieso tut ihr das?«, frage ich die Frauen.

»Du bist Nates Gefährtin«, antwortet Tia – ich kann sie anhand ihres Geruchs unterscheiden, denn sie duftet ein wenig nach Zitrone, während Tara nach Erdbeeren riecht. »Wir werden alles tun, damit es dir gutgeht.«

»Wir kümmern uns auch gerne um Nate, falls du mal unpässlich bist«, sagt Tara und zwinkert mir schon wieder zu.

»Moment!« Ich will aus der Wanne steigen, aber die Zwillinge drücken mich an den Schultern zurück ins Wasser. »Was wird hier gespielt? Ich bin nicht mehr Nates Gefährtin. Wir haben uns vor Jahren getrennt!«

»Das wird er entscheiden«, meint Tara, greift nach einem Schwamm und beginnt, über meine Arme zu reiben.

»Ich bin nicht seine Sklavin«, knurre ich, und meine Krallen schieben sich unter den Fingernägeln hervor. »Außerdem will ich sofort wissen, was in der Scheune los war. Was verheimlicht ihr mir?«

»Du brauchst dringend eine Maniküre, Süße.« Tia eilt an die andere Seite der Wanne, eine Feile in der Hand, und macht sich an meinen Klauen zu schaffen.

»Hey!« Wütend entziehe ich ihr die Hand und fahre die Krallen zurück. »Ich will das nicht.«

»Jede Wölfin will verwöhnt werden«, raunt Tara links von mir und lässt den Schwamm über meine Brüste gleiten.

Stöhnend lege ich mich zurück, als sie meine harten Nippel streift. Mittlerweile tun sie weh, weil ich immer noch keinen Höhepunkt hatte, deshalb bin ich wohl auch so gereizt.

Ablenken, es darf nicht sein, dass ich erregt bin, bloß weil diese zwei Frauen mich berühren!

Vehement starre ich auf die mit Holz verkleidete Wand, mustere den in Steinoptik gefliesten Boden, die beiden Waschbecken aus Marmor, die großen Spiegel, eine verglaste Duschkabine ... Wow, hier steckt eine Menge Geld drin. Verdient Nate als Schafzüchter so viel?

Ich bin überrascht, wie modern die alte Farm innen eingerichtet ist. Offenbar ist sie vor nicht allzu langer Zeit modernisiert worden. Nates Wohnbereich wirkt geräumig und gemütlich, die meisten Möbel sind aus Holz oder anderen Naturmaterialien. Während mich die Zwillinge ins Haus geführt haben, konnte ich auch einen Kamin erspähen, eine große Küche, einen Fitnessraum mit modernsten Geräten ... und der kurze Blick ins Schlafzimmer hat mir den Atem geraubt. Nate schläft wie ein König; sein Bett besteht aus einem dreistufigen Podest aus feinstem Kirschholz, einer dicken Matratze und unzähligen Kissen und Decken.

Tara reibt mit dem Schwamm fest über meine Nippel, sodass mir fast schwindelig wird vor Lust. »Für einen Moment habe ich gedacht, in dir steckt eine Rebellin, doch du bist die geborene Gefährtin für Nate. Unterwürfig, leicht erregbar und wunderschön.«

»Ich mag es, wenn sie mir Paroli bietet!« Als er plötzlich im Badezimmer steht, ziehe ich die Luft ein. Er ist immer noch nackt, seine Muskeln vom Kampf geschwollen, sein Geschlecht leicht erregt. Seine große Gestalt scheint den halben Raum zu füllen, allein seine Präsenz wirkt allmächtig. Er ist ein wahrer Alpha.

»Ist alles okay bei euch?«, fragt er und starrt mich an.

»Alles bestens, Nate«, antworten Tara und Tia unisono, während ich ihn bloß ansehen kann.

Ohne mich aus den Augen zu lassen, geht er zu einem Spiegelschrank, öffnet ihn und holt ein Desinfektionsmittel heraus. Das schüttet er sich über die Wunde an seiner Brust. Obwohl es teuflisch brennen muss, zuckt nur kurz ein Muskel in seiner Wange.

»Wie geht es dir, Hazel?«, fragt er rau, schlendert zur Wanne und hockt sich darauf.

»Gut«, krächze ich und kralle die Finger um den Rand.

Wollte ich mich vorher an ihm rächen, will ich ihn bloß noch ficken. Sex liegt in der Luft. Ich rieche die Erregung der Zwillinge und spüre meine eigene. Mein Kitzler pocht, meine Nippel kribbeln, und Taras Schwamm auf meinem Körper tut das Übrige dazu.

»Sie ist gleich sauber für dich, Nate«, raunt sie und lässt den Schwamm an meinem Bauch hinunter bis zwischen meine Beine gleiten. Dann werden ihre Augen groß, und ich fühle ihre Finger zwischen den Schamlippen. »Was haben wir denn da? Ein Mal? Ups, ich bin vom Weg abgekommen.« Sie zwickt einmal frech in meinen Kitzler, woraufhin glühende Impulse durch meinen Unterleib jagen, und zieht anschließend den Arm zurück.

»Ist sie jetzt deine Gefährtin oder nicht?«, will Tia wissen, die sich zwischenzeitlich um meine Haare kümmert. Sie braust sie ab und massiert mir zärtlich ein Shampoo ein, das nach Wildkräutern duftet.

Widerwillig muss ich zugeben, dass mir ihre Behandlung gefällt. Die Wölfin in mir kann eben nicht aus ihrem Fell, und beinahe fühle ich mich wie eine Königin.

Die beiden nehmen sich mit ihren Fragen viel heraus, aber anscheinend haben sie zu Nate ein enges Verhältnis.

»Verschwindet«, knurrt er leise und gleitet zu mir in die Wanne, sodass Wasser über den Rand schwappt.

Tara lässt von mir ab und stellt sich hinter ihn, um nun mit dem Schwamm über seinen Rücken zu schrubben. »Du willst uns beide heute nicht?«

Mit glühendem Blick schaut er mich an. »Nein. Geht jetzt.«

»Wir hätten auch nichts dagegen, wenn deine Kleine dabei ist.« Tia spült das Shampoo aus meinen Haaren und wickelt mir ein Handtuch um den Kopf. »Wir beide würden uns gut um deine Gefährtin kümmern.«

»Raus«, knurrt er sanft, aber bestimmend. »Kümmert euch um Zac. Er ist verletzt.«

»Ja, Nate.«

»Und sagt ihm, dass er morgen mit einer Erklärung rechnen darf.«

Erklärung?

Die Zwillinge ziehen hüftschwingend ab und schließen die Tür, aber ich höre noch, wie Tia sagt: »Kein Wunder, dass er nie eine von uns zur Gefährtin wollte. Er hat sein Herz schon vergeben.«

Hastig wendet er den Blick von mir ab, während mein Puls hart an meinem Hals klopft. Ob das wahr ist?

»So, jetzt sind wir bei dir, sitzen zusammen in der Wanne … und weiter?«, frage ich überheblich, doch dann gewinnt die Neugier Oberhand. »Was hat dein Bruder eigentlich gegen mich? Warum will er mich töten? Und welche

Erklärung willst du ihm morgen liefern?«

Er beugt sich zu mir und legt sich halb auf mich, die Ellbogen zu beiden Seiten am Rand abgestützt, und raunt: »Erst ficken, danach reden, sonst kann ich nicht klar denken.«

Ich schnaube. »So einfach stellst du dir das vor?«

Seine Mundwinkel heben sich. »Ja, Hazel, so einfach ist das.« Seine Erektion drückt sich an meine Mitte, meine Lust schießt in unerreichbare Höhen.

Verdammt, ich will und will doch wieder nicht. Was soll ich tun?

Ich schubse ihn von mir, obwohl alles in mir danach schreit, mich von diesem Kerl nehmen zu lassen, und steige aus der Wanne. Dann reiße ich das Handtuch von meinem Kopf und rubble mich damit trocken. »Ich habe keine Lust auf deine Spielchen, Nate. Ich bin kein naives Mädchen mehr!«

Die alte Wut kocht erneut hoch. Rache und Erregung, ein gefährlicher Cocktail.

Er lehnt sich zurück und schaut mir zu, wie ich durchs Badezimmer tigere. Dabei wäscht er sich seelenruhig das Gesicht, unter den Armen, zwischen den Beinen …

Ich könnte mich verwandeln und weglaufen, doch ich schaffe es nicht. Die Anziehung zu diesem Mann ist ungebrochen. »Was willst du wirklich, Nate? Was bezweckst du mit dieser Show? Dass ich zu dir zurückgekrochen komme wie ein reuiges Schoßhündchen? *Du* hast mich betrogen und regelrecht davongescheucht. Nur deinetwegen bin ich nach New York gegangen, denn du warst der einzige Grund, der mich in diesem Kaff gehalten hat.«

Ich weiche erschrocken zurück, als er plötzlich aus der Wanne springt und auf mich zuschießt. Seine Reflexe sind auch in Menschengestalt erstaunlich, waren sie schon immer. Er packt mich an den Schultern und fletscht die Fänge. »Ich hätte dich niemals gehen lassen dürfen, aber ich hatte keine Wahl!«

Wut, Trauer und Verzweiflung flammen in seinen Pupillen auf, doch auch Verlangen. Er schiebt die Hände in mein feuchtes Haar und hält meinen Kopf wie in einem Schraubstock gefangen. »Ich habe dich vermisst, Hal. Habe dich so verdammt vermisst.« Dann presst er die Lippen auf meinen Mund und küsst mich gierig.

Meine Mauern fallen, der letzte Damm bricht. Spontan entscheide ich mich, noch einmal animalischen Sex mit diesem Kerl zu haben, noch einmal diese pure Lust zu erleben – was danach kommt, ist mir gerade egal, sogar alle Fragen verpuffen. Meine Krallen fahren sich aus und kratzen über seinen feuchten Rücken, weil ich mich erinnere, wie gern er das hatte.

»Hazel«, knurrt er in meinen Mund und penetriert ihn noch einige Male mit der Zunge, bevor er mich herumdreht und am Nacken meinen Oberkörper nach unten drückt, sodass ihm mein Hintern entgegenragt. Seine andere Hand drängt zwischen meine Schenkel, und ich stöhne auf, als er seinen Finger zwischen meine Schamlippen schiebt. Er reibt über meinen Kitzler und bringt mich fast zum Höhepunkt, danach bohrt er den Finger in mich.

»Du bist noch genau so heiß, eng und nass wie früher«, raunt er, während sich mein Inneres um den lustbringenden Eindringling verkrampft. »Und du riechst zum Vernaschen.«

Ich wünsche mir, dass er mich endlich nimmt, stattdessen dreht er mich erneut herum. In seinen Armen fühle ich mich wie eine Puppe, mit der er machen kann, was er will.

Nate hebt mich hoch und hievt mich auf seine Schultern, sodass ich überrascht aufschreie, als die Bartstoppeln seines Kinns über meine gespreizte Weiblichkeit schaben.

Ich kralle die Finger in sein Haar, während er mich gegen die Wand drückt und ausleckt.

Ich zapple auf ihm und kann meine Beine nicht schließen, doch das will ich auch nicht. Ich will nur genießen und meinen Höhepunkt auskosten, der mit Riesenschritten auf mich zukommt. Ich kann meine angestaute Lust nicht länger zügeln, muss sie herauslassen.

Nate leckt härter und saugt an meinem Kitzler, und schon ergießt sich ein Schwall meiner Creme in sein Gesicht.

»Darauf habe ich gewartet«, knurrt er und leckt und saugt meinen Lustsaft auf. »Du schmeckst sogar noch viel besser als früher.« Und während er mich ungestüm ausleckt und die raue Zunge über meine Klit schabt, komme ich zum Höhepunkt. Wie von Sinnen stoße ich ihm meinen Unterleib entgegen und verkralle mich in seinen Haaren. Ein Heulen steigt aus meiner Kehle; ich sehe bunte Farben, rieche meine Lust und schwebe in einer Wolke aus Glut. Der Orgasmus peitscht wie eine elektrische Entladung durch meinen Körper.

Als ich wieder zu mir komme und dem sanften Pochen meines Unterleibs nachspüre, setzt Nate mich ab. Ich kann kaum stehen, so sehr zittern meine Beine.

»Ich bin noch lange nicht fertig mit dir.« Mit glühenden Blicken sieht er mich an und bewegt sich rückwärts zum Waschbecken. Dann dreht er mir kurz den Rücken zu, um sein Gesicht zu reinigen.

Atemlos lehne ich an der Wand und betrachte diesen schönen Mann von oben bis unten, bis er zu mir zurückkommt. Sein Schwanz ragt leicht in die Höhe, ist groß, dick und so verdammt hart. Seine Eichel leuchtet dunkelrot, und ein Tropfen perlt aus dem Schlitz.

Ich lecke mir über die Lippen, weil ich ihn gerne kosten will, da greift er in mein Haar und zwingt mich in die Hocke. »Ja, nimm ihn in den Mund, Hal. Zeig mir, dass du noch weißt, wie es geht.«

Ich hatte nach unserer Trennung keinen Oralsex mehr, nur ein paar schnelle Nummern in der Missionarsstellung. Doch Blasen ist wie Radfahren, das verlernt man nicht.

Ich befeuchte die Lippen und stülpe sie über den geäderten Schaft, nehme ihn so tief auf wie ich kann. Danach drücke ich die Zunge an ihn und bewege den Kopf auf und ab, wobei ich sanft an ihm sauge.

»Ja«, knurrt er. »Mach ihn schön nass.«

Mein Speichel läuft im Überfluss. Wie habe ich sein Aroma vermisst, den herben Duft seines Geschlechts, den salzigen Geschmack der lustvollen Vorboten.

Nates Schwanz zuckt in meinem Mund und scheint noch härter zu werden.

»Genug!« Er zieht mich nach oben, hebt mich auf die Arme und trägt mich in sein Schlafzimmer. Dort lässt er mich auf die Matratze fallen und drückt meine Beine auseinander. »Ich brauche noch mehr von dir.«

Ich liege bloß da und lasse es zu, dass er mich erneut ausleckt. Seine leicht raue Zunge schickt wohlige Schauder durch meinen Körper, und mein Unterleib verkrampft sich. Und kurz bevor ich ein zweites Mal den Gipfel erreiche, schiebt er sich auf mich. »Nichts da, es wäre unfair, wenn du schon wieder kommst und ich noch gar nicht zum Zug gekommen bin.«

»Wer kann, der kann«, antworte ich überheblich und

drücke ihn von mir.

Ich wundere mich über meine Kräfte, obwohl ich weiß, dass ich stärker bin als eine gewöhnliche Frau, doch zu lange habe ich mich zurückgehalten.

Ich bringe Nate unter mich, um seine Beine auseinanderzudrücken, dann hebe ich die Hoden an und lecke über das Mal an seinem Damm. Mein Mal. Ich will einfach sehen, dass es noch da ist, und muss es mit der Zunge ertasten.

Er knurrt lustvoll auf, und das Grollen aus seiner Kehle nimmt zu, je mehr ich mich seinen Pobacken nähere. Früher hat er es geliebt, wenn ich ihn dort geleckt und gebissen habe, und auch jetzt scheint ihm meine Zungenfertigkeit sehr zu gefallen. Ich habe große Lust, meine Fänge in dieses feste Fleisch an seinem Knackarsch zu treiben, um noch einmal von seinem Blut zu kosten.

»Genug gespielt!« Erneut wirft er mich herum und packt mich an den Hüften, damit ich auf alle viere gehe und ihm meinen Hintern entgegenstrecke. In dieser Stellung hatte er mich am liebsten.

Während er meine Pobacken massiert, taucht er mit dem Gesicht zwischen meine Beine, leckt mich von oben bis unten aus und drängt anschließend den Unterleib an mich. Seine Eichel presst sich zwischen meine Schamlippen, und ich liebe das Gefühl, wenn er langsam in mich eindringt, mein Inneres dehnt, mich ausfüllt. Und je länger er in mir verweilt, desto dicker wird er. Das ist ein normaler Vorgang, sowohl unter echten Wölfen, als auch bei Wolfswandlern, deren Wolfs-DNA besonders dominant ist. Sie keilen sich regelrecht in der Partnerin ein, damit kein anderer sie während der Paarung besteigen kann.

Meine Klitoris pocht und kribbelt, meine Nippel gleichen harten Kügelchen. Das Gefühl, derart ausgefüllt zu sein, ist unbeschreiblich. Sein dicker Schwanz drückt so stark auf meine inneren erogenen Zonen, dass ich allein davon zum Höhepunkt kommen könnte, doch ich will diese besondere Empfindung, die mir kein normaler Mann schenken kann, äußerst lange genießen.

Nate beugt sich über mich, dringt bis zum Anschlag vor, sodass seine Hoden an meine Schamlippen klatschen, und fährt besitzergreifend über meinen Oberkörper.

»Mein …«, knurrt er. Seine große Hand bedeckt meine Brust und drückt sie leicht, und meine Nippel werden noch steifer, obwohl seine Krallen in meine Haut piken.

Wie sehr ich wünschte, ich wäre wirklich die Seine.

Nate tut sich immer schwerer, in mich zu stoßen, weil sich sein Penis bereits stark verdickt hat. Für uns beide ist das ein extrem schönes Gefühl. Er füllt mich ganz aus und mein Inneres hält ihn fest wie eine glitschige, enge Faust.

»Ha!«, knurrt er und führt eine Hand zwischen meine Beine, um meinen Kitzler zu massieren. Dann stöhnt er auf, und ich fühle, wie er mich mit seinem Samen füllt. Sein dicker, harter Schaft zuckt in mir, und ich zucke um ihn herum, während er fest an meiner Klit reibt.

Ich ergebe mich ihm und den pulsierenden Schlägen, die durch meinen Unterleib peitschen, und strecke ihm meinen Hintern so weit ich kann entgegen. Der zarte Dehnungsschmerz, den sein gewaltiger Umfang in mir hervorruft, wandelt sich in pure Ekstase und trägt mein Bewusstsein kurz auf eine andere Ebene des Daseins, in der ich nur noch aus berauschenden Gefühlen bestehe. Wie aus weiter Ferne höre ich sein Knurren und Stöhnen, bis die Welle abebbt und ich zu mir komme.

Es dauert eine Weile, bis seine Erektion so weit abgeschwollen ist, dass er sie leicht aus mir heraus bekommt. So lange ruht sein Kopf auf meinem Rücken, und Nates Atem streift meine Haut.

»Es war schön mit dir, Hal«, sagt er und streichelt meinen Bauch. »Wie in alten Zeiten.«

»Hm«, antworte ich nur, weil ich zu sehr außer Atem bin. Es war wirklich schön, mehr als das. Mein strapaziertes Inneres pulsiert noch immer leicht, und ich genieße dieses Nachglühen.

Wie in alten Zeiten … Ja, wir hatten immer fantastischen Sex.

Nachdem er sich von mir gelöst hat, zieht er mich an seine Brust, murmelt noch einmal meinen Namen und ist innerhalb von Sekunden eingeschlafen.

So viel zum Thema: Erst Sex, dann Reden.

Doch ich muss gestehen, dass ich gerade auch keine Lust habe, die düsteren Kapitel meiner Vergangenheit auszugraben. Ich bin ebenfalls erschöpft, und morgen ist auch noch ein Tag …

Als ich neben Nate erwache, schläft er noch. Er hat einen Arm um mich geschlungen, als ob er nicht will, dass ich ihn verlasse. Aber ich muss los; ein Blick auf die Uhr an seinem Nachttisch sagt mir, dass es höchste Zeit ist. Schließlich habe ich noch ein Leben neben dieser Rudelsache und in einer Stunde einen Termin mit dem Makler. Trotzdem möchte ich noch für einige Minuten dieses Gefühl der Geborgenheit genießen, das ich schon früher bei ihm erfahren durfte. Von Mum habe ich mich nie so geliebt gefühlt, doch wahrscheinlich war ihre Liebe sogar aufrichtiger als die von Nate. Ich darf mir nichts vormachen, es ist nicht echt, auch wenn alles in mir schreit, dass es das ist. Aber ich habe mich damals getäuscht, nicht heute. Die Liebe hat mich erblinden lassen, meine Wahrnehmung verwirrt. Mein Vertrauen zu Nate ist zerstört. Er hat Geheimnisse vor mir, immer noch.

Außerdem ist da Zac, der mich töten wollte, warum auch immer. Ich würde nur Unfrieden ins Rudel bringen.

Weil ich nicht weiß, ob er mich gehen lassen würde, mache ich mich so vorsichtig von ihm los, wie ich kann. Natürlich bemerkt er das und murmelt: »Bleib in meiner Nähe. Bei mir bist du sicher.«

»Ich muss mal«, flüstere ich ihm zu und versuche, den Blick von ihm loszureißen. Er hat sich auf den Rücken gedreht und einen Arm neben seinem Kopf angewinkelt. Sein Gesicht ist entspannt, und es ist so attraktiv wie der Rest von ihm. Die Lippen hat er leicht geöffnet, die Augen hinter den Lidern bewegen sich, als würde er träumen.

Die Zudecke ist verrutscht, sein nackter Oberkörper entblößt. Wie gerne würde ich noch einmal über diese weiche

Haut fahren, den Muskeln darunter nachspüren, Nate küssen und seinen Duft einatmen.

Er wirkt männlicher denn je, fast unverwundbar – und ich erkenne den Wolf, der unter der Oberfläche lauert. Er ist mutig, stark, eigensinnig und …

Hör auf, Hazel. Nate ist kein Mann für dich.

Es war schön mit ihm, verdammt schön sogar. Süchtig machend. Sündhaft. Erfüllend. Zumindest für meinen Körper und das Tier in mir.

Meine Seele jedoch ist verwirrt. Ich will zu Nate ins Bett springen und weglaufen gleichermaßen.

Am besten, ich halte erst einmal an meinen Plänen fest und treffe den Makler. Daher verschwinde ich im Badezimmer. Vorsichtig öffne ich das Fenster, verwandle mich in einen Wolf und springe hinaus.

Morgennebel wabert über den Hof und die Wiesen dahinter, es riecht nach feuchtem Gras und Herbstlaub. Weit und breit ist niemand zu sehen, die meisten Rudelmitglieder, die auf der Farm leben, höre ich in der Gemeinschaftsküche hantieren. Zac rieche ich nicht. Also nutze ich die Gelegenheit, sprinte los, renne durch den Wald und genieße es erneut, zu laufen und mich auszupowern. Ich halte erst an, als ich mein Auto vor dem Haus meiner Mutter erreiche. Dort wandle ich mich zurück, hole meine Tasche aus dem Kofferraum und begebe mich unter die Dusche.

Wie wird Nate reagieren, weil ich ihn verlassen habe?

Wahrscheinlich wird er sich nur schulterzuckend im Bett herumdrehen und nach den Zwillingen rufen.

Sie müssen sich geirrt haben, Nate hat sein Herz nicht an mich verloren. Uns verbindet lediglich Blut und ein altes Versprechen. Das allein zieht uns zueinander hin, das und die schönen Momente, die wir früher miteinander hatten. Zehn Jahre liegen dazwischen, wir sind längst unsere eigenen Wege gegangen. Es ist besser, wir belassen es dabei, bevor das alles ein noch unschöneres Ende nimmt und mein Herz völlig zerstört wird.

***

Zwei Stunden später ist alles über die Bühne gegangen, der Makler ist gefahren, die Papiere unterzeichnet. Er wird sich um alles Weitere kümmern.

Aufatmend sperre ich die Haustür ab und werfe meine Tasche ins Auto. Es wird Zeit, zu verschwinden. Wenn Nate gewollt hätte, dass ich bleibe, wäre er aufgetaucht. Oder? Vielleicht ist auch sein Stolz verletzt, weil ich einfach abgehauen bin? Oder er ist froh, dass er mich los ist und wieder Ruhe in sein Rudel einkehrt?

Verdammt, warum wünscht sich ein nicht unbeträchtlicher Teil von mir, dass er wie ein Ritter auf einem Ross zu mir geeilt kommt, mich auf sein Pferd zieht und mit mir in seine Festung zurückreitet?

Ich seufze schwerfällig. Im Moment kann ich keinen klaren Gedanken fassen, denn das, was gestern passiert ist, verwirrt mich immer noch. Zac, der mich töten wollte, die finsteren Blicke der anderen, der Sex mit Nate und seine Geheimnisse.

Ich muss gehen. Es ist vorbei.

Wie festgewurzelt stehe ich vor dem Wagen und kann nicht einsteigen. Obwohl ich keine guten Erinnerungen an diesen Ort habe, habe ich das Gefühl, ihn zu vermissen. Das Laufen in den Wäldern, die Natur ... und Nate. Ich kann nicht bei ihm bleiben, das würde nur Probleme geben. Ich bin eine Burton, er ein Porter, so einfach ist das.

Er würde das Ansehen seines Rudels verlieren.

Zwar hat er gemeint, dass er die alte Fehde vergessen und Rosa und Chris ins Rudel aufnehmen möchte, aber ich habe die Reaktion von Zac erlebt.

Außerdem hat er nicht gesagt, dass ich bei ihm bleiben soll. Dieser ganze Gefährten-Mist sollte auch mal überarbeitet werden. Es war nur ein Ritual, so etwas Ähnliches wie eine Hochzeit. Und Scheidungen gibt es schließlich zuhauf.

Falls er mich wirklich vermisst und endlich Klartext reden möchte, weiß er, wo er mich findet. Er kann mich aufspüren, denn mein Blut in seinem Körper wird ihm den Weg zu mir weisen. Zum Glück verliert sich die Wirkung nach einigen Tagen, sonst würde ich verrückt werden. Nate ist auch in mir, und im Moment ist er wohl nicht erfreut, dass heute Morgen die andere Seite des Bettes leer blieb.

Plötzlich höre ich Kies unter Gummireifen knirschen. Es nähert sich ein Wagen! Ob das noch einmal der Makler ist?

Nate … Er ist in der Nähe, ich spüre seine Präsenz!

Hektisch schaue ich mich um. Lauert er im Wald? Beobachtet er mich?

Gebannt starre ich zwischen die Bäume. Roter Lack blitzt auf – das Auto des Maklers war allerdings schwarz.

Ein großer feuerroter Dodge-Pickup hält neben meinem Mini. Was für eine Angeberkarre, sie schreit förmlich nach: *Ich muss so ein gewaltiges Auto fahren, weil ich einen kleinen Schwanz habe.*

Als jedoch Nate aussteigt, hole ich stockend Luft, weil ich einerseits gehofft habe, dass er kommt, andererseits aber nicht wirklich damit gerechnet habe. Und wie er aussieht! Sein Haar ist zerzaust, als hätte es heute noch keinen

Kamm gesehen, die Barthaare hat er auch nicht abrasiert und zwei tiefe Furchen liegen zwischen seinen Brauen.

»Du fährst schon?«, fragt er kühl und kratzt sich am Nacken, sodass sich der Bizeps unter dem Ärmel seines roten Shirts gewaltig beult. »Ich hatte gehofft, du würdest noch zum Frühstück bleiben.« Danach hakt er die Daumen in die Hosentaschen seiner Jeans.

Er klingt gefasst, doch ich spüre, wie es in ihm brodelt. Es passt ihm ganz und gar nicht, dass ich einfach abgehauen bin.

Und warum muss der Kerl immer so gut aussehen?

Mir liegen zahlreiche schnippische Antworten auf der Zunge, doch ich will keine Szene machen, sondern mich in aller Ruhe von Nate verabschieden. Trotzdem bringe ich diesbezüglich kein Wort heraus und frage stattdessen: »Wie kann man sich als Farmer so ein Auto leisten?« Von der Einrichtung seiner Wohnung fange ich erst gar nicht an.

Plötzlich leuchten seine Augen, und ich fühle, dass er mich mit seinem Reichtum beeindrucken möchte, wenn er es schon nicht auf andere Weise schafft. »Ich handle mit Aktien.«

Das könnte sein Vermögen tatsächlich erklären. Diesen Job kann man sogar weitgehend von zu Hause erledigen. Schließlich kann er als Alpha sein Rudel nicht lange allein lassen.

Nate kommt mir vor wie der Wolf im Schafspelz. Die Tiere dienen wohl auch nur zur Tarnung, niemand würde vermuten, dass sich Wolfswandler Schafe halten. Außerdem überdecken sie den spezifischen Wolfsgeruch, den Vampire, unsere einzigen Feinde, wahrnehmen können. Zum Glück hat sich hier noch nie ein Blutsauger blicken lassen.

»Ich habe nicht gewusst, dass du eine Intelligenzbestie bist«, entfährt es mir.

Mist, ich wollte ihn nicht reizen, jetzt tue ich es doch.

Er schmunzelt allerdings nur und schlendert auf mich zu. »Du hast vieles nicht gewusst, Hal.«

Schnaubend verschränke ich die Arme vor der Brust und lehne mich gegen den Mini. »Wie kommt es, dass du mich gestern im Laden noch so schnell wie möglich loswerden wolltest, und jetzt willst du, dass ich bleibe?«

Sein Lächeln verschwindet. »Gestern sah noch alles anders aus, Hal.« Wenigstens hält er diesmal zwei Schritte Abstand, denn ich stehe kurz davor, mich in seine Arme zu werfen. Ich darf nicht schwach werden! Ich will reden, schließlich hat das letzte Nacht nicht geklappt.

»Dann schieß los, Nate, ich bin ganz Ohr.«

»Bis gestern gab es nur mein Rudel auf der einen Seite, und deine Tante und dein Onkel auf der anderen. Doch Chris und Rose waren keine Gefahr für uns. Es herrschte eine Art unausgesprochener Frieden, worüber ich sehr froh war. Aber dein Auftauchen gefährdete alles. Du bist eine junge, starke und mutige Wölfin. Die anderen hätten glauben können, du seist zurückgekommen, um die Burtons anzuführen.«

Er hält mich für stark und mutig? Diese Worte machen mich für einen Moment sprachlos. »Ich will kein Rudelmitglied mehr sein und schon gar kein Alpha!«

Meine Antwort scheint ihm nicht zu gefallen, denn er knurrt leise. »Lass mich weiterreden, Hal.«

Überheblich schaue ich auf meine Armbanduhr und seufze. »Du hast fünf Minuten. Danach muss ich wirklich los.«

»Hör auf, Hazel! Wir müssen endlich über alles reden!«

Er kommt blitzschnell auf mich zu und drückt mich gegen den Wagen.

»Dann hör du auf, dich mir gegenüber wie mein Chef aufzuführen!« Wütend bohre ich ihm den Zeigefinger in die Schulter, aber er weicht nicht zurück.

»Ich bin nun einmal der Anführer meines Rudels, das kann ich nicht abstellen!«

Ja, er ist der geborene Alpha, das war er schon immer. Und verdammt, ich fahre total auf seine dominante Art ab. Schon wieder werde ich Wachs in seinen Händen. Sein großer harter Körper, der halb auf mir liegt, und auch sein animalischer Männergeruch rauben mir den Atem.

Bleib hart, Hazel! Schiebe deine verdammten Wandler-gene mal für einen Moment zur Seite!

Er weicht wenige Millimeter zurück, sodass ich wieder Luft bekomme, und raunt: »Wenn ich mir nicht endlich alles von der Seele rede ...« Er leckt sich über die Unterlippe und senkt den Blick. »Der Reihe nach. Zac ist ohnehin recht nervös und gereizt. Er fühlt sich mit mir als Anführer nicht wohl und will sein eigenes Rudel gründen. Daher ist er auch auf der Suche nach einer Gefährtin, und ich wollte einfach nicht, dass er dich bekommt.«

Schwingt da etwa Eifersucht in seiner Stimme mit? Ich will nichts von Zac, wollte ich noch nie!

»Aber ... das ist nicht alles, Nate, oder? Ich kann es spüren.«

»Ich hatte gestern wirklich Angst, dass das Rudel dich zerfleischt.« Seine Stimme wird weicher und seine Hände legen sich an meine Taille. »Zum Glück habe ich mir mittlerweile so viel Respekt verschafft, dass sie es nicht gewagt haben, dich anzugreifen. Dabei hätte die Stimmung ganz leicht kippen können, als sie erfahren haben, dass ich zu

Vaters Zeiten die Regeln gebrochen und dich zur Gefährtin genommen habe.«

Ich fühle, dass er mich küssen will und es ihn seine ganze Beherrschung kostet, es nicht zu tun, weil er mich nicht verscheuchen will. Dabei würde mich sein Kuss nur ein Stück mehr an ihn binden.

Gut, dass Mum mich weggeschickt hat; das Leben in diesem Kaff wäre mir nicht bekommen. Wer weiß, was sonst passiert wäre? Womöglich hätten Mum und ich uns sogar eines Tages gegenseitig zerfleischt. Vielleicht hat sie aber auch gewusst, dass sie keine gute Mutter ist und ich woanders besser aufgehoben bin? Ich habe auf dem College in einem Studentenwohnheim gelebt, nebenher gejobbt und war an den Wochenenden bei Mela und Steffen, meinen Zieheltern. Die letzten zehn Jahre waren die besten meines Lebens oder hätten es sein können, wenn ich Nate aus meinem Kopf bekommen hätte.

Als er mir plötzlich wieder ganz nahe kommt und »Ich habe dich so vermisst, Hal« raunt, steigt die alte Wut wieder auf.

»Du hast mich vermisst?«, knurre ich und meine Krallen fahren sich aus. »Du hast mich mit der Schlampe aus der Cotton Bar betrogen!«

»Ich hatte nichts mit ihr, Hazel«, sagt er so leise, dass ich erst glaube, ich habe mich verhört. »Ich habe dich das nur glauben lassen, damit du aus der Stadt verschwindest, so wie es deine Mutter wollte.«

»Was?«, hauche ich und kralle die Finger in sein Shirt. »Wieso? Du hast gewusst, wie sehr ich meine Mutter verachte. Warum hast du das getan?«

»Sie hat das mit uns herausgefunden, wie du weißt. Und sie wollte damit zu meinem Vater gehen. Der hätte erst dich, dann mich getötet!« Seine Stimme klingt dunkel und rau vor unterdrückter Wut und Verzweiflung. »Und da ihr klar war, wie sehr ich dich liebe, wusste sie auch, dass ich dich lieber gehen lasse, als dich tot zu sehen.«

Noch nach ihrem Tod fügt diese Frau mir Schmerzen zu, und beinahe habe ich gedacht, sie hätte ein Quäntchen Liebe für mich übrig gehabt.

»Aber kaum warst du weg ...« Er holt tief Luft. »Hazel, der wahre Grund, warum Zac dich töten wollte, ist ...« Er zischt einen Fluch und grollt: »Verdammt, er glaubt, du hättest meinen Vater umgebracht.«

»Was?« Die Welt um mich herum dreht sich, ich versinke in einem Nebel aus Chaos, und gleichzeitig lüftet sich der Vorhang. Das erklärt Zacs Hass auf mich. Deshalb hat Nate mich im Laden gewarnt und wollte, dass ich verschwinde!

Da ich instinktiv und dank der Blutsverbindung fühle, dass Nate die Wahrheit sagt, sacke ich gegen ihn, denn sämtliche Kraft scheint meinen Körper verlassen zu haben.

»Wieso glaubt er das?«, wispere ich.

»Er war zuerst am Tatort und hat eines deiner Haarbänder gefunden.«

Zitternd fasse ich mir ins Haar. Ich habe früher gerne bunte Bänder getragen. »Und als ich dann auch noch aus der Stadt verschwunden war, musste er tatsächlich glauben, ich sei es gewesen.«

Er nickt. »Es war wirklich schwer, Zac vom Gegenteil zu überzeugen, ohne zu verraten, dass ich ein Verhältnis mit dir hatte. Doch ich habe heute Morgen mit ihm und meinem Rudel geredet und ihnen wirklich alles erzählt.

Damals konnte ich keinem sagen, dass ich zur Stunde des Unfalls hinter dir hergeschlichen bin, um zu sehen, ob du auch wirklich in den Zug nach New York steigst. Als ich zurückkehrte und es hieß, Vater sei erschossen worden und der Verdacht auf dich fiel, musste ich schweigen. Es ging schließlich darum, ob ich der Alpha werde. Zac hatte zu der Zeit ein massives Alkoholproblem, in seinen Händen wäre das Rudel nicht gut aufgehoben gewesen. Also fühlte ich mich verantwortlich. Aber sie hätten mich niemals zum Alpha gewählt, wenn sie das mit uns erfahren hätten.«

»Wie kam mein Haarband dorthin?«, frage ich schwach. Das kann doch alles nicht wahr sein?

»Entweder hattest du es dort verloren, als wir uns heimlich getroffen haben, oder jemand anderes hat es bewusst dort gelassen, um seine Spuren zu verwischen.«

»Mutter«, wispere ich atemlos. »Was, wenn *sie* deinen Dad getötet hat? Sie war an dem Tag außer sich und hat es kaum erwarten können, bis ich das Haus verlasse.« Oh Gott, bitte nicht! »Mutter glaubte ja auch immer, euer Rudel hätte ihren Mann umgebracht, dabei ist mein Vater betrunken Auto gefahren. Was, wenn sie es war und kein Jäger?«

Fest zieht Nate mich an sich. »Das werden wir niemals herausfinden. Wir alle waren damals am Tatort und haben niemanden gewittert. Weder Spuren von einem Rudelmitglied noch deine … nicht einmal die eines Menschen! Als ob jemand alle Gerüche irgendwie beseitigt hätte.

Immerhin hat das auch von dir abgelenkt, zumindest alle außer Zac. Ich hatte trotzdem denselben Verdacht wie du und habe deine Mum seitdem ständig beobachtet, doch sie hat das Haus so gut wie nicht mehr verlassen, seit du weg warst, und ich habe nie die Tatwaffe gefunden.«

Hat sie mich vielleicht weggeschickt, um Burt Porter umzubringen? Sie war verrückt und verwirrt!

Ich bin verwirrt ... Doch selbst wenn sie es war – Wie hätte sie ihre Spuren verwischen können? Unseren Supernasen entgeht nichts.

»Und jetzt, Nate? Glauben die anderen immer noch, ich hätte deinen Dad getötet?« Welches Motiv hätte ich gehabt? Mutter war die Einzige mit einem Grund. Sie hätte Angst haben können, dass Burt Porter mich tatsächlich umbringt, falls das geheime Verhältnis auffliegt.

Er schüttelt den Kopf. »Ich habe ihnen allen heute Morgen die Wahrheit erzählt, auch auf die Gefahr hin, dass das Rudel mich abgesägt und Zac als Alpha gewählt hätte. Er hat sich zum Positiven verändert und könnte es schaffen, das Rudel zu leiten. Doch sie haben sich für mich entschieden und meinten, ich hätte alles richtig gemacht.«

»Wirklich?« Mir ist schwindlig und schlecht, als würde ich Achterbahn fahren. Endlich weiß ich, was dieses düstere Gefühl in ihm war. All seine Geheimnisse ... »Warum hast du mir das nie erzählt? Wir hätten auch beide gehen können, noch bevor dein Dad ...«

Er hält mich fest, und ich fühle mich bei ihm sicher und geborgen. »Hätten wir nicht. Vater hätte mich aufgespürt und für meinen Verrat getötet und dich dazu. Du weißt, wie streng und konsequent er war. Ich hatte keine Wahl!«

Ja, ich weiß, wie streng er war und kann mich erinnern, wie oft er Nate unter Druck gesetzt hat, wenn auch nur psychisch. Er hatte es kaum besser als ich.

»Und dann, nach seinem Tod, wollte Zac das Rudel anführen und hätte wohl allen erzählt, du seist eine Mörderin. Daher musste ich hier in Norwich bleiben, um das zu verhindern. Obwohl ich nie vorhatte, der neue Alpha zu werden, musste ich mich ständig gegen Zac behaupten, damit sich endlich etwas ändert, so wie wir es immer wollten.

Und damit niemand auf die Idee kam, Zacs irrwitzige Idee vielleicht doch noch zu glauben und dich zu suchen und zu töten. Mir kam seine Alkoholsucht zugute, und als er später trocken war, schürte ich die Gerüchte, er sei weiterhin Trinker, damit ihn niemand für voll nimmt.« Plötzlich durchläuft ihn ein Zittern und seine Stimme klingt heiser. »Ich habe mich bei ihm deswegen heute entschuldigt, doch ich weiß nicht, ob er mir das jemals verzeihen kann. Er hat sich alles stillschweigend angehört und nichts dazu gesagt.«

»Nate …«, flüstere ich und streichle über seinen Rücken.

Er fasst sich und atmet tief durch. »Doch als wir dich gestern in die Scheune gebracht haben, hat Zac wieder davon angefangen, vor allen anderen. Ich dachte wirklich, sie würden dich töten.«

Erst jetzt wird mir das ganze Ausmaß bewusst. Nate hat sein Leben aufgegeben und hat unsere Liebe verraten, um sein Rudel zusammenzuhalten und es in eine bessere Zukunft zu führen. Er hat so viel geopfert! Er hat … mich geopfert.

Nein, er hat das Rudel und vor allem mich beschützt, wie er es immer getan hat. Wie muss er gelitten haben!

Trotzdem kann ich noch immer nicht ganz glauben, was ich höre. »Wenn es dir wirklich ernst mit uns war, warum hast du nach dem Tod deines Vaters nicht nach mir gesucht und mir die Wahrheit erzählt? Meine Adresse steht im Telefonbuch!«

»Das hatte ich, aber erst Monate später, als Zac verreist war, damit er während meiner Abwesenheit keine Unruhe stiften konnte.« Er senkt den Kopf und schnuppert an meiner Wange. »Ich habe dich einen Tag lang beobachtet und kam zu dem Entschluss, dass du bestimmt nicht mehr zu mir zurück willst. Du hast einen tollen Job, den du hier nicht ausüben kannst, und ich kann nicht weg. Ich bin der Rudelführer, und mir gefällt es in Norwich. Wir haben hier alles, was wir brauchen.« *Fast alles ...* scheint sein glühender Blick zu sagen. »Außerdem brachte ich es nicht übers Herz, dir zu sagen, dass deine Mutter die Mörderin sein könnte. Das hätte dich noch tiefer heruntergerissen.«

»Man hätte sie verhören müssen!«

»Dann wären wir wahrscheinlich alle aufgeflogen. Ich musste es vertuschen, habe sie aber immer im Auge behalten.« Er räuspert sich und senkt den Blick. »Hinzu kommt ... Ich habe einen Mann in deiner Wohnung gerochen. Und darüber war ich sogar froh. Das bedeutete, dass ich mich endlich von dir lösen konnte, aber ich habe es nicht geschafft.«

»Du warst in meiner Wohnung?« Das hätte ich doch merken müssen! Oder sind meine Instinkte in der Großstadt verkümmert? »Und ich habe keinen Freund.«

»Ich habe einen Mann in deinem Bett gewittert.«

Er muss zu der Zeit gekommen sein, als ich mit Phil, meinem Kabelmann, in der Kiste war. Sein Geruch lag tatsächlich überall in meiner Wohnung, weil er neue Leitungen verlegt hat. »Ich habe dir gesagt, dass ich kein kleines Mädchen mehr bin. Ich habe auch Bedürfnisse, die befriedigt werden müssen.«

»Und?« Fragend hebt er die Brauen. »Sind sie befriedigt worden?«

»Nicht besonders gut«, gestehe ich ihm und muss plötzlich grinsen. Wenn das wirklich alles wahr ist, was er erzählt – und ich spüre, dass es so ist –, hat unsere Trennung nur auf Missverständnissen und Lügen beruht. Himmel, er hat sogar mein Wohl und das Wohl des Rudels über sein eigenes gestellt, um den Frieden zu bewahren, den wir beide uns so sehr gewünscht haben.

Wie konnte ich jemals denken, dass er einen schlechten Charakter hat?

»Und jetzt?«, frage ich mit wildem Herzklopfen.

Nate umarmt mich fest und lässt eine Hand in meinen Nacken gleiten, um mich dort besitzergreifend zu halten. »Ich würde mich freuen, wenn du wieder ein Teil des Rudels wirst, ein Teil *meines* Rudels und … ein Teil von mir.«

Wie sehr ich das möchte! Doch … »Es stehen immer noch ein paar Dinge zwischen uns. Mein Job in New York, unsere verkorkste Vergangenheit, all das Leid, das ich erst verarbeiten muss, und dein verrückter Bruder. Das Rudel wird mich vielleicht nicht akzeptieren.«

»Du hast dein Rudel verlassen, als du die Stadt verlassen hast. Du warst nicht einmal auf der Beerdigung deiner Mutter. Das wird allen zeigen, dass du mit deinem alten Leben abgeschlossen hast. Dir steht ein Neuanfang offen. Und Zac muss lernen, sich zu fügen, oder *er* muss das Rudel verlassen. Wenn er dich nicht in Ruhe lässt oder andere gegen dich aufhetzt, muss *er* gehen.«

Er will also wirklich, dass ich bei ihm bleibe? Mit ihm in seinem Rudel lebe, in seinem großen Haus, in dem auch einige andere Mitglieder wohnen, wie zum Beispiel sein Bruder oder die Zwillinge?

»Bin ich nicht überflüssig?«, möchte ich wissen. »Tia und Tara halten dich bestimmt genug auf Trab.« Meine Eifersucht ist verflogen, als hätte ich nie die Regeln und Gebräuche des Rudels vergessen. Ein ungebundener Alpha kann eben auch mehrere Frauen haben, wenn er möchte. Das war schon immer so. Hat ein Wolfswandler allerdings eine Gefährtin gefunden, ist er ihr ein Leben lang treu.

Wir hatten uns getrennt, er hätte sich eine andere Ge-fährtin suchen können, doch das hat er nicht. Stattdessen hat er sich lediglich Spaß gegönnt, und es macht mich so-gar irgendwie an, dass er die Macht und die Erlaubnis hat, jede ungebundene Wandlerin in sein Bett zu holen. Falls wir unseren Bund erneuern, könnte ich mir durchaus vor-stellen, mit den beiden Frauen ebenfalls Spaß zu haben. Aber ich will die Einzige sein, die nicht nur von Nates Schwanz, sondern auch von seinem Herzen begehrt wird.

Zärtlich fährt er über meine Wange und blickt mir tief in die Augen. »Ich liebe dich, Hal«, raunt er. »Das habe ich schon immer. Ich will nur dich.«

Mein Atem stockt, mein Herz wummert bis in den Bauch. Ich weiß, wie schwer ihm dieses Geständnis fällt, denn er redet selten über seine Gefühle. Doch in diesem Moment glaube ich ihm. Er hat mir seine Liebe mehrmals bewiesen.

»Nate …« Ich zwinkere eine Träne aus dem Augenwin-kel und fasse in sein Haar. Er liebt mich … Ich schlucke hart. »Zehn Jahre Lügen und Hass lassen sich nicht so leicht wegwischen.« Diese negativen Gefühle sind in mei-nem Herzen verankert und müssten nach und nach gelöst werden. Ich muss mein Vertrauen in Nate erst zurückge-winnen, auch wenn er eigentlich völlig selbstlos gehandelt hat. Mein Herz hat leider einen bleibenden Schaden abbe-kommen. »Aber ja, ich will es probieren.« Allein schon, um meiner Mutter noch über ihren Tod hinaus zu zeigen, dass sie keine Macht mehr über uns hat.

»Wirklich?« Sein Gesicht hellt sich auf.

»Wirklich. Ich habe nie aufgehört, dich zu lieben.«

»Hal«, raunt er. »Ich bin so froh, das zu hören.« Er küsst mich tief und innig, langsam und genussvoll. »Und dein

Job?«

»Ich wollte mich schon ewig mit einem Ingenieurbüro selbstständig machen und eine beratende Tätigkeit übernehmen.« Fantastischer Geruchssinn schön und gut, aber manchmal sind mir die zahlreichen chemischen Ausdünstungen einfach zu viel, auch wenn meine Übersinne den Job als Chemielabortechnikerin ungemein erleichtern. Und mit meinen Qualifikationen kann ich auf jeden Fall eine beratende Tätigkeit ausüben. »Vielleicht ist jetzt der perfekte Zeitpunkt dafür? Zufällig habe ich auch noch eine Woche Urlaub und könnte schon mal einiges regeln.«

»Ja, jetzt ist die perfekte Zeit für uns gekommen«, raunt er. »Jetzt wird alles gut.«

Ich bin so aufgeregt! Werden sie mich akzeptieren?

Das gesamte Rudel hat sich am Abend im Gemeinschaftsraum der Farm zusammengefunden. Tische, Stühle und andere Möbelstücke wurden an den Rand gerückt, überall
hängen bunte Tücher und Girlanden aus frischen Blumen.
Die etwa zwanzig Anwesenden tragen keine Kleidung, genau wie Nate und ich.

Tief atme ich durch und starre zu Nate, der bei den anderen steht. Sie haben einen geschlossenen Kreis um mich
gebildet, und ich stehe genau in der Mitte und komme mir
ein wenig verloren vor.

Nate nickt mir aufmunternd zu, und Cassy, eine junge
blonde Wandlerin, tritt schnell zu mir, um mir einen Kranz
aus geflochtenen Blumen auf meinen Kopf zu legen.

Nate hat mir vorhin schon die wichtigsten Mitglieder
des Rudels, die hier auf der Farm leben, vorgestellt. Mit
den schwarzhaarigen Schönheiten Tia und Tara hatte ich ja
schon das Vergnügen, Cassy hat mir gerade den Kranz gebracht, und dann gibt es noch die rothaarige Beth, die in
Norwich als Polizistin arbeitet.

Nates Bruder Zac sehe ich nicht.

Ich bemerke, wie Nate ständig zur Tür schielt. Hofft er,
dass sich sein Bruder noch blicken lässt?

Ich bin über seine Abwesenheit nicht unglücklich.

Leise Musik spielt im Hintergrund, ruhige Flötentöne,
vermischt mit den Klängen von Wasser. Mit einem Nicken
gibt Nate seinem Rudel zu verstehen, dass es nun losgeht.
Das Mitglied, das ganz hinten im Rang steht, beginnt. Ein
etwa fünfzehnjähriges Mädchen kommt zu mir, schnuppert
an meinem Hals, meinen Brüsten und meinen Beinen,

nickt und tritt zurück.

So geht das reihum, vom niedrigsten bis zum höchsten Rang. Dabei sind einige weniger zurückhaltend als andere. Ein junger Mann, den ich auf etwa zwanzig Jahre schätze, kniet sich vor mich und riecht besonders ausgiebig zwischen meinen Schenkeln, bis ein leises Knurren aus Nates Richtung ertönt. Sofort stellt sich der Mann hin, nickt und macht dem nächsten Mitglied Platz. Alle müssen meinen Geruch aufnehmen, und ich komme mir mal wieder seltsam ausgestellt vor. Doch so sind die Regeln und Gebräuche.

Zuletzt tritt Nate zu mir, aber das macht es nicht weniger aufregend, im Gegenteil! Auch er schnuppert an mir – langsam und bedächtig – wobei er an meinen Ohren beginnt. Dann packt er mich fest an den Hüften, als hätte er Angst, ich könnte weglaufen, und lässt seine Nase über meinem Hals zu meinen Brüsten wandern. Als seine Lippen einen meiner Nippel streifen, schnappe ich nach Luft. Wie elektrisierende Entladungen fühlen sich seine Berührungen an.

Nate geht in die Knie, und seine Hände fahren seitlich an meinen Schenkeln hinab. Seine Nase kommt bei meinem Bauchnabel an, und plötzlich steckt er sie zwischen meine Schenkel und drückt sie tief in mein Geschlecht, das vor Erregung hart pocht.

Kurz vergesse ich fast die Leute im Raum und würde mich am liebsten auf den Rücken werfen, die Beine spreizen und mich von Nate auslecken lassen. Aber ich muss mich zusammenreißen!

Schelmisch blickt er kurz zu mir auf, als wüsste er genau, wie es in mir aussieht, und leckt sich über die Lippen. Dabei funkeln seine verlängerten Eckzähne, und ich kann es kaum erwarten, dass er mich beißen wird. Wo wird er es tun? Welche Stelle sucht er sich aus? Wieder eine geheime?

Als er anfängt, die lateinischen Verse zu murmeln, weiß ich, dass er mich hier beißen wird, vor allen anderen. Er stellt sich wieder hin und sieht mir tief in die Augen. Kaum hat er das letzte Wort gesprochen, nimmt er eine meiner Brüste in beide Hände, hebt sie leicht an und senkt den Mund darauf. Seine Zähne fahren oberhalb des Warzenhofes in meine Haut, und ich grabe die Finger in sein dichtes Haar, als er anfängt, zu saugen.

Ich kann kaum stehen, derart intensiv sind die Empfindungen. Meine Nippel ziehen sich zusammen, meine Klit pocht wild. Ein Stöhnen verlässt meinen Mund und die Creme meiner Lust fließt an den Innenseiten meiner Schenkel herab. Mein Körper schreit verlangend nach Nate, aber noch sind wir nicht fertig. Als er von mir ablässt und die kleinen Wunden mit seinem Speichel versiegelt, bücke ich mich, um meine Fänge bei ihm an derselben Stelle zu versenken. Während sein köstliches Blut auf meine Zunge läuft, scheinen meine Geschmacksknospen zu explodieren – und fast komme ich zum Höhepunkt.

Nein, nicht hier, denke ich, und versiegele auch mein Bissmal. Unser Blut hat sich nun vereint, wir sind eins … fast. Der letzte Akt fehlt noch, und wenn ich mir Nates hartes Geschlecht betrachte, weiß ich, dass es jetzt passieren wird.

Ich bin sehr froh darüber, dass die Vereinigung heutzutage nicht mehr vor allen Anwesenden stattfindet. Nate hat mir das zuvor noch erklärt. Und so schreiten wir Hand in Hand zwischen den Umherstehenden hindurch, die ehrfürchtig die Blicke gesenkt halten, und schon finde ich mich in Nates Schlafzimmer wieder. Er schließt die Tür, packt mich und wirft mich auf die Matratze, auf der unzählige Blütenblätter liegen.

Schon gleitet seine kräftige Hand in meinen Nacken, mit der er mich nach unten drückt, sodass ihm mein Gesäß einladend entgegen ragt.

Nate liebt es, mich zu unterwerfen – und ich liebe seine dominante Art. Er ist der Alpha, er dürfte nun alles mit mir anstellen, wenn es nach den alten Gebräuchen ginge. Zum Glück kenne ich seine Meinung dazu.

Nate hält sich nicht lange mit einem Vorspiel auf und taucht von hinten in meine Nässe. Es schmatzt regelrecht, als er sich tief in mir versenkt, und mein Schoß krampft sich lustvoll um ihn. Ein paar Stöße lang hält er mich in seiner Lieblingsstellung gefangen, doch kurz bevor sich sein Penis so sehr verdickt hat, dass er ihn nur noch unter Schmerzen herausziehen könnte, lässt er von mir ab.

Ich vermisse ihn in mir, doch er lässt mir keine Zeit, Fragen zu stellen. Schon dreht er mich auf den Rücken, und ich kann ihm nun in die Augen sehen, während er sich auf mich legt und sein dickes Geschlecht in mich drängt. Er schafft es nur mit Nachdruck, weil er schon kurz vor dem Höhepunkt gestanden hat, und ich genieße es, hart von ihm gedehnt zu werden.

»Nate …«, wispere ich hilflos, weil ich mich nicht mehr zurückhalten kann.

Er auch nicht. Nate stößt zu, bis sich seine Erektion so fest in mir verkeilt hat, dass er sie kaum noch bewegen kann. Dann ergießt er sich mit einem animalischen Knurren, wobei auch ich von meiner Ekstase mitgerissen werde. Unsere Blicke verhaken sich und die Zeit scheint stillzustehen. Der Raum um mich herum dreht sich, und für einen Moment bin ich mit Nate in einer Welt gefangen, die nur uns und unseren Gefühlen gehört.

Als wir wieder in der Gegenwart ankommen, küsst er mich sanft, gleitet langsam aus mir und eilt ins Badezimmer, um einen feuchten Lappen zu holen. Damit reinigt er mich zärtlich, und mein Herz schlägt hart vor Zuneigung. Es ging zwar alles schnell, aber es war intensiv und sehr schön. Außerdem warten die anderen schon auf uns.

Als wir zu ihnen zurückkehren, wird geklatscht und gejubelt, und die Frauen des Rudels bewerfen uns mit Blütenblättern. Nun sind wir offiziell miteinander verbunden. Ich bin Nates Gefährtin, wir sind das Alpha-Paar.

Himmel, erst jetzt wird mir klar, was das bedeutet. Nate und ich sind nun quasi verheiratet. Ich bin die Frau des Rudelführers!

Dadurch bekomme ich im Rudel eine besondere Stellung – dabei kenne ich außer Nate niemanden!

Das macht mich erst etwas unsicher, aber als ich mit Cassy und Beth ins Gespräch komme, weil Nate uns in der Küche etwas zu trinken holt, fühle ich mich gleich besser. Auch Tia und Tara sind freundlich zu mir. Ich glaube, ich werde mich schnell eingewöhnen.

Nates Augen funkeln, als er zu mir zurückkehrt. Er sieht glücklich aus.

Erneut wird mir bewusst, was er alles auf sich genommen hat und worauf er verzichten wollte, um mich zu schützen.

»Und jetzt lasst uns feiern!«, ruft er, drückt mir ein Glas Fruchtpunsch in die Hand und schlingt einen Arm um mich. Dann küsst er mich vor allen anderen so zärtlich, dass meine Knie fast nachgeben.

In meinem Kopf dreht sich alles, und ich weiß, dass ich noch eine Weile brauchen werde, um all das wirklich zu begreifen. Nur eines weiß ich jetzt schon: Nate ist ein Held, *mein* Held, und wird es wohl immer bleiben.

»Hast du schon genug von der Party, Cassy?«, fragt mich Tara, als ich den Gemeinschaftsraum kurz vor Mitternacht verlassen will. An der Tür passt sie mich ab und tritt mit mir hinaus in den dunklen Flur.

»Ich will kurz nach Zac sehen.« Er ist nicht auf die Feier gekommen, und irgendwie tut er mir leid, weil er mit seiner Meinung so oft auf Unverständnis trifft. Er steht eben noch für die alten Werte und Regeln ein. Ich finde sie auch nicht alle gut, genau wie Nate, jedoch kann ich mir vorstellen, wie schwer es für Zac sein muss, die zweite Geige zu spielen. Der Alpha in ihm ist stark. Nach dem Kampf und Streit mit seinem Bruder gestern, hat er sein Zimmer nicht mehr verlassen. Offenbar schmollt er noch immer, obwohl sich Nate bei ihm entschuldigt hat.

Unser Alpha hat seine Gefährtin offiziell ins Rudel eingeführt, und die beiden haben ihren Bund vor allen erneuert, ähnlich einer Hochzeitszeremonie. Immer noch wird ausgelassen gefeiert, man hat Hazel aufgenommen und ich mag sie jetzt schon. Sie ist natürlich, sagt, was sie denkt, bietet Nate die Stirn und respektiert dennoch, dass er das Sagen hat. Die beiden werden gut harmonieren.

Tara seufzt wehmütig und schaut auf die geschlossene Tür. »Ich bin gespannt, ob Tia und ich zu ihnen ins Bett kommen dürfen. Nate ist solch ein fantastischer Liebhaber.«

»Das kann ich nicht beurteilen«, sage ich, und Hitze schießt mir ins Gesicht.

Mit neunzehn Jahren bin ich die jüngste ungebundene Frau im Rudel, die sich Nate als Alpha bisher ins Bett holen durfte. Und er hat mich geholt, doch es ist nicht viel passiert.

»Du stehst wohl mehr auf Zac, hm?« Tara schaut mich mit gerunzelter Stirn an. »Ich habe bemerkt, wie du ihn früher angeschmachtet hast. Aber er ist ein hoffnungsloser Fall, Cassy. Du solltest deine Energien nicht an ihn verschwenden. Außerdem hat er nach der ganzen Sache miese Laune.«

»Ich will nur die Verbände wechseln.«

Tara zwinkert und sagt: »Lass dich vom bösen Wolf nicht auffressen.« Danach eilt sie zurück zur Party.

Barfuß tapse ich durch das große Haus in den Südflügel der Farm, in dem Zac sein Reich hat. Dort klopfe ich an seine Wohnungstür, doch er antwortet nicht. Ich wittere, dass er hier ist, außerdem höre ich den Fernseher. Den Lauten nach zu urteilen, sieht er sich einen Western an.

Soll ich wirklich seine Wohnung betreten? Was, wenn er schläft?

Dann ist er spätestens seit meinem Klopfen wach.

Nervös wickle ich mir eine blonde Strähne um den Zeigefinger, anschließend streiche ich mein kurzes Sommerkleid glatt. Ach, ich mach es einfach. Wenn ich nicht endlich meine dämliche Schüchternheit ablege und etwas selbstbewusster werde, erfahre ich nie, ob Zac mich mag. Also ob er mich *mehr* als mag, denn dass ich ihm nicht egal bin, weiß ich. Daher nehme ich all meinen Mut zusammen und trete ein.

In seinem rustikal eingerichteten Wohnraum brennt kein Licht, doch ich erkenne auch so, dass er hier gewütet hat. Bücher liegen auf dem Boden, ein Regal wurde von der Wand gerissen, der Sessel ist umgekippt. Oh je, Zac muss ziemlich sauer gewesen sein. Nachdem uns Nate alles gebeichtet hat, dachte Zac wohl, er würde unser neuer Alpha werden.

Was, wenn er mich angreift? Hoffentlich ist sein Frust mittlerweile verraucht.

Die Geräusche des Fernsehers kommen aus dem Schlafzimmer, und auch diese Tür ist verschlossen. Ich war schon mehrmals bei ihm, vor allem als ich kleiner war, denn er hat oft mit mir Memory gespielt. Aber niemals zuvor habe ich diesen Raum betreten, sein ganz persönliches Reich.

Vorsichtig drehe ich am Knauf und erwarte, dass mir etwas entgegenfliegt, doch nichts rührt sich. Wie ein Wolf in seiner Schlafgrube liegt Zac in einem großen, niedrigen Futonbett, das einen breiten Rand besitzt, und hat die Augen geschlossen. Sein Kopf ruht schief auf seiner Schulter, da er sich zwei große Kissen hinter den Rücken gestopft hat und offenbar beim Fernsehschauen eingeschlafen ist. Die Zudecke ist bis zu seinem Bauchnabel heruntergerutscht, und nur der flackernde Schein des TV-Gerätes erhellt seine große Gestalt.

Ich rieche den fruchtigen Duft von Tia und Tara im Zimmer. Die beiden haben ihn verarztet und dicke Verbände um seinen Oberkörper gewickelt.

»Lass mich allein, Cass«, knurrt er, ohne die Augen zu öffnen.

Ich will bereits zurücktreten, doch dann atme ich tief durch, nehme die Fernbedienung an mich und schalte das Gerät auf stumm. »Ich bin gekommen, um deine Verbände abzunehmen.«

»Das schaffe ich auch allein.«

Er ist in seinem Stolz verletzt, ich muss behutsam vorgehen. »Ich weiß, dass du das selbst kannst, aber ich helfe gerne.« Ich setze mich auf den breiten Rand des Bettes und krame in der Tasche, die am Kopfende steht. Im Zimmer gibt es keinen Nachttisch, auch sonst befindet sich außer einem Kleiderschrank nicht viel darin. Zacs Wohnung ist eher minimalistisch eingerichtet, was vielleicht daran liegt, dass er sich den ganzen Tag im Anbau aufhält, um dort seine Medizinprodukte, Tinkturen und Kosmetik herzustellen. Außerdem produziert er Liköre, die Mr. Wesdon in seinem Laden verkauft. Sie sind sehr beliebt in der Stadt und kommen auch bei den Touristen gut an.

»Tu, was du nicht lassen kannst«, knurrt er und hebt ein Lid, um mich zu beobachten.

Zac hat einen schlechteren Ruf, als es der Wahrheit entspricht. Er hat sich sein Leben lang gegen seinen Bruder behaupten müssen und wollte sich stets vor seinem Vater beweisen. Er hätte ebenfalls das Zeug zum Alpha, wenn er nicht solch ein Hitzkopf wäre und oft unüberlegt handeln würde.

Ich nehme die abgerundete Verbandsschere aus der Tasche und drehe mich zu Zac. Dann schiebe ich sie unter den Mull.

Sein Bauch zuckt, als die kühle Schere seine Haut berührt. Während ich den Stoff behutsam durchschneide, lege ich meine freie Hand auf seine weiche Haut.

Es tut mir ein wenig weh, dass er mich nicht bei sich haben will, denn ich dachte, ihm liegt vielleicht etwas an mir. Natürlich weiß ich, dass er mich mag, aber ich würde mir wünschen, dass er mich attraktiv und begehrenswert findet. Ich habe mich schon vor vielen Jahren in ihn verguckt, obwohl er einige Jahre älter ist als ich, doch ich will keinen halben Welpen, ich will einen richtigen Wolf.

Zuerst war ich ein Mädchen und er schon fast ein Mann – natürlich hat er sich damals nicht sexuell zu mir hingezogen gefühlt. Nachdem ich jedoch zur Frau herangereift war, hatte ich schon das Gefühl, er würde mich begehrenswert finden. Oder habe ich mir seine heißen Blicke und flüchtigen Berührungen nur eingebildet?

Und einmal habe ich sogar geglaubt, er würde mich küssen wollen. Wir sind nachts mit dem Rudel durch den Wald gelaufen. Er hat mich geneckt und liebevoll gebissen, wie er es schon bei mir gemacht hat, als ich noch ein Kind war. Wir haben uns vom Rudel getrennt und lagen irgendwann schwer atmend auf einer Lichtung – nackt und in Menschengestalt. Da hat er mich wieder angesehen, als ob er mehr wollte, doch dann ist er plötzlich aufgestanden und hat gemeint, wir sollen nach Hause gehen …

Nachdem ich den Stoff durchgeschnitten habe, hebt Zac kurz seinen Oberkörper an, sodass ich den Verband unter seinem Rücken durchziehen kann. Die tiefen Kratzer haben sich bereits geschlossen, die Bisswunden an seinem Hals sehen ebenfalls gut aus. Verletzungen heilen bei uns schneller, auch dank unseres Speichels, aber wir sind nicht unsterblich und leben so lange wie jeder andere Mensch.

»Danke«, knurrt er und schließt wieder die Augen. »Du kannst gehen.«

Ich will aber bei dir bleiben, mein einsamer Wolf, denke ich und betrachte für einen Moment sein hartes, maskulines Gesicht mit den ausgeprägten Wangenknochen, dem markanten Kinn und den sinnlichen Lippen. Mein Blick gleitet weiter über den bartschattigen Hals, die breite Brust und den flachen Bauch, an dem ich jeden Muskel erkenne.

»Was macht dein Kopf?«, frage ich und beuge mich über ihn, um durch sein dichtes braunes Haar zu fahren. Vorsichtig taste ich die kleine Beule darunter ab; in Wahrheit genieße ich es einfach, ihm so nahe zu sein.

»Dem geht's gut«, antwortet er düster. »Lass mich allein.«

»Gleich, ich … trage dir noch die Salbe auf.«

Ich nehme das Döschen mit der Heilpaste aus der Tasche, die Tara in seinem Labor selbst herstellt, und tauche den Zeigefinger in die fettige Creme. Sie duftet nach Kräutern und übertönt Zacs männlichen Duft, der mich ohnehin halb wahnsinnig macht. Wenn ich wie jetzt meine fruchtbaren Tage habe, bin ich wie jede Wölfin besonders leicht erregbar und reagiere stark auf den Geruch der männlichen Rudelmitglieder.

Eigentlich müsste Zac genauso stark auf mich reagieren, doch meine Nähe scheint ihn kalt zu lassen, wobei … Während ich mich erneut tief über ihn beuge, um die Paste auf die Wunde an seinem Hals zu tupfen, lugt er in den tiefen Ausschnitt meines Kleides. Da ich keine Unterwäsche trage, kann er erkennen, wie hart meine Nippel sind.

Er knurrt leise und genussvoll, während ich die Paste auf seinem Körper verstreiche. Ich lasse mir besonders viel Zeit, massiere sie zärtlich auf seiner Brust ein und wandere mit den Händen tiefer.

»Ich weiß, was du willst, Cass«, raunt er und betrachtet mich weiterhin genau. »Ich kann deine feuchte Pussy riechen. Aber ich will dich nicht. Nicht, wenn Nate dich schon hatte.«

Als hätte er mir eine Ohrfeige gegeben, zucke ich zurück. Okay, jetzt weiß ich, warum er mich seit Wochen überhaupt nicht mehr ansieht.

Ich schlucke und sage mit zitternder Stimme: »Er hatte mich nie, Zac.«

Erneut knurrt er leise. »Jeder weiß, dass du bei ihm gelegen hast.«

»Ja, er hat mich zu sich geholt, doch er hat mich nicht

angerührt, weil ich nicht wollte.«

»Nate nimmt sich immer, was er will.«

»Das stimmt nicht, Zac«, sage ich vorsichtig, da ich ihn nicht verärgern will. »Dein Bruder ist nicht so.« Mutig ziehe ich die Decke tiefer, um seinen Unterleib freizulegen. Auch an seinem Oberschenkel hat er einen Kratzer, dicht an seinem Geschlecht, das steil in die Höhe ragt.

Himmel, sein Penis ist riesig! Er könnte mir direkt Angst einjagen, wenn ich nicht so neugierig auf ihn wäre.

Natürlich kenne ich seinen Körper, jeden Zentimeter davon, da wir Wandler oft gemeinsam durch die Wälder laufen, aber hart habe ich ihn nie gesehen.

Möglichst unauffällig betrachte ich seinen Schwanz, während ich den Oberschenkel massiere. Die Kuppe leuchtet dunkel und glänzt im flackernden Licht des Fernsehers, sein Schaft ist mit Adern überzogen und zuckt unentwegt. Also lasse ich ihn nicht kalt.

»Nate hat sich zwar entschuldigt, aber ich glaube, er denkt, ich trinke immer noch«, grollt er und liegt einfach nur da, ohne mich zu berühren.

»Ich rieche den Alkohol ebenfalls an dir, aber ich weiß, dass du damit deine Produkte herstellst.«

»Was weißt du schon von mir!«, ruft er und packt plötzlich mein Handgelenk. »Jeder denkt, ich bin ein Säufer und ein ...« Er verschweigt das Wort, doch ich weiß, was er sagen will. Gerüchten nach hat er früher Frauen genommen, wie er wollte. Ohne Rücksicht auf Verluste.

Ich senke den Blick und betrachte seine langen Finger, die sich fest um mein Handgelenk geschlossen haben. »Ich glaube nicht, dass du Nora ... gegen ihren Willen genommen hast.«

Nora ist praktisch die Rudelschlampe, die alles und jeden anmacht, allein deshalb kann ich mir bei ihr kaum vorstellen, dass sie sich Zac verweigert hätte, falls er sich ihr aufgedrängt hätte.

Da packt er mich am Nacken, um mich auf seinen Körper zu ziehen. »Was macht dich da so sicher?«, knurrt er an meinen Lippen. »Ich bin unberechenbar, ich hätte auch Nates Gefährtin fast ermordet!«

»Du hast Hazel für die Mörderin deines Vaters gehalten, Zac«, unterbreche ich ihn schnell.

Mein Herz hämmert wild, und genauso hart klopft mein Kitzler, gegen den sich sein nackter Oberschenkel drückt. Mein Kleid ist verrutscht; und Zacs entblößte Schenkel zwischen meinen Beinen zu spüren, macht mich atemlos. *Er* macht mich schwach, verdammt schwach sogar. »Nora hat mir gegenüber einmal erwähnt, dass du …« Oh Gott, soll ich es ihm wirklich sagen?

»Was?«, grollt er und packt meinen Hinterkopf fester.

»Dass sie es genossen hat, so wild von dir genommen zu werden, sie aber wissen wollte, ob Nate besser ist.« Gott, was war ich neidisch auf sie. »Sie wollte ihn provozieren und hat die Geschichte erfunden, weil sie euch gegeneinander aufbringen wollte. Sie wollte wissen, ob du das Zeug zum Alpha hast.«

»Ich bringe diese Schlampe um!« Er lässt mich los, doch ich stemme die Hände gegen seinen Brustkorb.

»Ruhig, Zac, du musst lernen, die Bestie in dir zu kontrollieren!« Ich bleibe auf ihm sitzen und reibe meinen Unterleib an seiner Erektion, während er mich anfaucht. Seine Fänge funkeln bedrohlich, die grünen Iriden scheinen zu glühen und seine mit Krallen bespickten Finger drücken sich in meine Pobacken. Er atmet heftig, bleibt allerdings unter mir.

»Was willst du, Cass?«, fragt er, wirft mich plötzlich von sich und rollt sich auf mich. »Was erhoffst du dir von deinen Schmeicheleien?«

»Ich will dich. Schon ewig!« Endlich ist es raus, endlich habe ich mich getraut.

Außerhalb des Rudels bin ich kein verklemmtes, schüchternes Mädchen, sondern Fremdenführerin. Ich muss laut sprechen und für Ordnung sorgen können, doch in Zacs Nähe werde ich zum Mäuschen.

Gebannt starre ich in sein angespanntes Gesicht und streiche behutsam eine seiner dunklen Haarsträhnen zur Seite, während er mich mit seinem Gewicht fast erdrückt.

»Du bist wie eine kleine Schwester für mich«, raunt er und stützt sich mit den Ellbogen auf, sodass ich wieder Luft bekomme.

Das ist nicht das, was ich hören wollte, aber es hätte auch schlimmer sein können.

Ich erinnere mich noch gut daran, als er mich gerettet hat. Ich wohnte mit meinen Eltern in einer Hütte im Wald, in der Nähe der Farm. Als wir schliefen, brach ein Feuer aus. Mum und Dad starben, doch Zac war da und zog mich in Wolfsgestalt aus dem brennenden Haus. Ich war acht und er doppelt so alt, ein junger, attraktiver Wandler.

Nachdem er mich aus den Flammen gerettet hatte, hat er sich in einen Menschen verwandelt und mich zur Farm getragen. Dort lebe ich seitdem, das Rudel hat sich um mich gekümmert, und Zacs Vater war in der kurzen Zeit, in der ich ihn kannte, auch wie ein Vater zu mir. Daher weiß ich, wie streng er oft zu seinen Söhnen war. Er hat ihnen eine Menge abverlangt. Vielleicht war es zu viel für Zac, oder er war frustriert, weil Nate immer ein Stück besser war als er, in vielen Dingen, zum Beispiel auch in der

Schule. Womöglich ist er deshalb so verbittert geworden. Dazu kommt, dass er immer Hazel für eine Mörderin gehalten hat und niemand ihm glauben wollte. Wie schrecklich muss er sich fühlen, da nun ihre Unschuld bewiesen ist und er Unrecht hatte.

Zärtlich fahre ich mit den Fingerspitzen über sein Gesicht. »Und weil ich dich eben auch so lange kenne, weiß ich, dass du nicht so finster und böse bist, wie es den Anschein macht.«

Er knurrt. »Böse?«

»Rede doch noch mal in Ruhe mit deinem Bruder.«

»Hör auf, mir Befehle zu erteilen, Cass!« Erneut fletscht er die Fänge, sein Wolf lauert dicht unter der Oberfläche.

Auch ich kann meine Wölfin kaum noch zügeln. Meine Eckzähne haben sich ebenfalls verlängert. »Das ist dein Problem! Du verwechselst gut gemeinte Ratschläge mit Anweisungen.« Ich versuche, mich zu beruhigen, damit auch er ruhiger wird. »Du bist oft nur gemein, weil es jeder von dir erwartet. Doch du hast ein gutes Herz. Du hast mich aus einem brennenden Haus gerettet! Und ich habe mitbekommen, wie du einen Korb mit deinen Produkten den Allens geschenkt hast, weil du weißt, dass sie nicht so viel Geld haben. Außerdem hilfst du Garvey Scott jeden Herbst unentgeltlich bei der Ernte.«

»Das beweist gar nichts«, sagt er, aber er hat sich halbwegs beruhigt. Dann beginnt er, mich zu beschnuppern. Zuerst hinter dem Ohr, anschließend riecht er an meinem Hals und in meinem Ausschnitt.

»Zieh dein Kleid aus«, fordert er leise grollend. »Ich will wissen, ob Nate dich wirklich noch nicht hatte.«

Keuchend komme ich seinem Befehl nach, streife den Stoff über meinen Kopf und lege mich splitternackt zurück in die Kissen, die so gut nach ihm duften. Als wäre ich ein Stück Ware, tastet er mich von oben bis unten ab, dreht mich herum, inspiziert jeden Winkel und schnüffelt an mir.

»Auf alle viere«, raunt er, und ich gehorche, strecke ihm meinen Hintern entgegen. Schon steckt er seine Nase zwischen meine Pobacken und nimmt einen tiefen Atemzug.

Himmel, das macht mich an!

»Umdrehen«, fordert er und packt mich an den Hüften, weil ich nicht schnell genug reagieren kann. Dazu bin ich viel zu nervös. Schon liege ich wieder auf dem Rücken, und er drückt meine Beine an den Kniekehlen an den Bauch. Danach leckt er hart durch meine Spalte.

»Zac …«, wispere ich atemlos und will in sein Haar fassen, aber er befiehlt mir rau: »Halte deine Beine fest!«

Ich gehorche und halte mich für ihn weit offen, damit er mich lecken kann. Immer wieder schnüffelt er an meinem Geschlecht, kostet davon oder pflügt mit der Zunge hindurch, bis ich fast durchdrehe vor Lust. Meine Klit pocht, mein Inneres verkrampft sich.

Noch nie habe ich einen Mann so nah an mich herangelassen; es ist das erste Mal, dass mich jemand zwischen den Beinen mit dem Mund berührt. Ich freue mich, dass es Zac ist, denn das habe ich mir in meinen erotischen Träumen so oft ausgemalt.

Knurrend schnappt er nach meinen Schamlippen, dann bohrt er die Zunge in mich. Wie von Sinnen leckt er mich aus.

»Und?«, frage ich vorsichtig, während ich mich weiterhin für ihn offenhalte.

»Ich schmecke nur dich, und du schmeckst köstlich.«

Seine gerauntern Worte lassen mein Herz noch schneller schlagen.

»Cass, ich bin so froh, dass Nate dich nicht hatte.« Er krabbelt auf mich, seine Erektion drückt auf mein nasses Geschlecht und bringt es noch mehr zum Pochen.

»Ja?« Ich spanne mich an. »Warum?«

»Ich …« Hart räuspert er sich. »Als du vom Mädchen zur Frau herangereift bist, fiel es mir immer schwerer, dich nur als meine Schwester zu sehen. Uns hat stets ein besonderes Band verbunden, wir waren ständig zusammen. Und plötzlich war ich süchtig nach deinem weiblichen Aroma, deinem süßen Lächeln und deiner liebevollen Art. Du hast mir ordentlich den Kopf verdreht.

Und als ich geglaubt habe, du hättest mit Nate geschlafen …« Tief holt er Luft. »Da habe ich versucht, dich zu ignorieren, um dir nicht noch mehr zu verfallen. Ich habe mir immer wieder vorgebetet, dass ich so eine wundervolle Frau ohnehin nicht verdient habe.«

»Oh, Zac …« Er hatte sich in mich verliebt? Ich bin überglücklich, das zu hören. Er hat mich begehrt, wie ein Mann eine Frau begehrt. Jetzt verstehe ich auch, warum er Nate gegenüber noch gereizter als sonst war.

Wird er mit mir schlafen? Ich will ihn bitten, behutsam zu sein, andererseits will ich ihm jetzt nichts vorschreiben. Er ist plötzlich so sanft und liebevoll, dass mein Herz überquillt vor Zuneigung.

»Cassy«, raunt er und schaut mir tief in die Augen – dann küsst er mich.

Für mindestens zehn Herzschläge vergesse ich alles um mich herum. Ich schmecke mich, meine Lust an Zacs Lippen, und ich schmecke ihn. Ungestüm dringt seine Zunge in mich, und wir necken uns wild und leidenschaftlich. Endlich darf ich auch sein Haar zerwühlen, über seinen breiten Rücken streichen und seine knackigen Pobacken kneten. Zac ist ein richtiger Mann, ein harter Kerl, aber innerlich verletzt. Ich will ihm so gerne zeigen, dass er bei mir er selbst sein darf und sich nicht zu verstellen braucht.

Stattdessen schnappe ich nach Luft, als seine dicke Spitze zwischen meine Schamlippen drängelt und meinen Eingang kraftvoll dehnt. Zac schiebt die Hüften vor und überwindet die natürliche Barriere mit Leichtigkeit, anschließend stößt er mehrere Male kräftig zu.

Mein Inneres krampft sich schmerzerfüllt um den viel zu großen Eindringling, und ich zucke zusammen. Zac ist dick, viel zu dick! Es kommt mir so vor, als würde er mich spalten und immer noch dicker werden, je länger er in mir ist. Die anderen Frauen haben nicht gelogen, es ist wirklich so, dass sich der Umfang bei den Wandlermännern vergrößert.

»Cass, was …« Er hält inne und reißt die Augen auf. Dann zieht er sich zurück, und ich kann eine feine kupferartige Duftnote wahrnehmen. Blut.

»Du warst noch unberührt!«

Ich schlucke hart und halte meine Tränen zurück. Mein Inneres glüht und pocht noch immer. »Ich habe dir ja gesagt, Nate hat mich nicht angefasst.«

»Shit, Cassy, es tut mir leid, ich habe nicht damit gerechnet, dass eine Frau wie du noch gar keinen Mann hatte.« Mit dem Daumen streicht er mir eine Träne aus dem Augenwinkel, die sich klammheimlich herausgestohlen hat. »Und meine Geilheit hat meinen Verstand vernebelt. Du bist seit Jahren die erste Wandlerin, mit der ich …« Keuchend senkt er den Blick. »Shit.«

Seine Reaktion zeigt mir erneut, dass er nicht böse ist.

»Ich habe mich für dich aufgespart, Zac.« Zärtlich kraule ich seinen Nacken und ziehe ihn auf mich. »Ich wollte immer nur dich.«

»Und kein anderer soll dich je bekommen«, knurrt er, auf einmal wieder aufgebracht, und ich spüre, dass er wütend über sich selbst ist, weil er mir wehgetan und mir nicht geglaubt hat.

Sofort rutscht er zwischen meine Beine, um mich erneut zu lecken. Tief bohrt er die Zunge in mich, und sein Speichel heilt meine kleine Verletzung. »Jetzt schmeckst du sogar noch besser.«

Er meint mein Blut. Wir Wandler lieben es, beim Sex vom Partner zu kosten. Zumindest habe ich das gehört, alle erzählen ständig davon, dass es den Sex noch intensiver macht.

Ausgiebig kümmert er sich um mich, leckt mich minutenlang und murmelt ständig Entschuldigungen.

Ich kraule seinen Kopf und drücke mich seinem Mund entgegen. »Sei einfach du selbst, Zac. Bei mir musst du dich nicht verstellen.«

»Oh, ich werde ich selbst sein«, grollt er, woraufhin er mich härter leckt.

»Zac …«, wispere ich. Der Höhepunkt ist nah.

Als er schließlich die Hände auf meine Brüste schiebt und mich zwischen den Beinen halb beißt, halb leckt, komme ich an seinem Mund. Wie von Sinnen stoße ich ihm meinen Unterleib entgegen, während der Orgasmus wie ein Taifun über mich hinwegfegt und alles mitreißt. Ich schwebe und bestehe nur noch aus einem rauschartigen Gefühl, während mein Schoß glüht und pulsiert.

»Du brauchst es doch noch richtig, nicht wahr, Cass?«, fragt er atemlos und kriecht wieder auf mich. »Du bist zu mir gekommen, damit es dir gleich beim ersten Mal jemand ordentlich besorgt, nicht so ein Weichei wie Nate, der bloß ein bisschen an dir herumgespielt hätte.«

»Hör auf, Zac«, sage ich. »Hier und jetzt gibt es nur uns. Mach den Augenblick nicht kaputt.«

»Ich mache immer alles kaputt, Cass, das müsstest du doch langsam wissen!« Knurrend drängt er seine Erektion in mich und fletscht die Fänge. Diesmal tut es nicht mehr weh und ich bin besser vorbereitet auf den gewaltigen Eindringling.

»Scht, ist gut, Zac. Du brauchst mir nichts zu beweisen.« Sanft streichle ich über seinen Kopf, während er in mich hineinhämmert und mit einer Mischung aus Qual und Abscheu vor sich selbst ansieht. Er kommt mir wie ein großer, verletzter Junge vor.

Das Bett kracht gegen die Wand und mein Unterleib wird tief in die Matratze gedrückt. Es mag verrückt klingen, aber ich genieße seine Wildheit und dass seine Erektion so tief in mich fährt. Ich fühle mich von ihm in Besitz genommen.

Mich erschreckt einzig, dass er nicht verhütet. Er kann riechen, dass ich meine fruchtbaren Tage habe, und normalerweise sind die Männer vorsichtig. Wir haben keinen Wandler-Arzt in der Nähe, der uns Frauen die Pille verschreiben könnte – die bei uns ohnehin nicht richtig wirkt. »Zac, wir sollten ein Kondom benutzen, ich …«

»Zu spät, Cass«, knurrt er, und eine Träne rinnt über seine Wange. »Du hättest dich von Nate ficken lassen sollen. Doch jetzt gibt es für dich kein Zurück. Du wirst mir gehören, Cass, nur mir.« Er wirft den Kopf in den Nacken und seine Fänge verlängern sich noch ein Stück. Er ist halb verwandelt, hat die Krallen neben meinem Kopf ins Bett getrieben und knurrt unentwegt. Zac ist wie von Sinnen. Hat er Angst, er könnte mich an einen anderen verlieren?

Seine dicke Eichel scheint mein Inneres zu massieren, und erneut verkrampfe ich mich um ihn, diesmal jedoch vor Lust. Er stößt in mich, saugt sich an meiner Brust fest und leckt über meinen harten Nippel.

»Mein«, grollt er – schon spüre ich, wie seine Fänge oberhalb meiner Brustwarze in die Haut gleiten.

Ich schreie auf, vor Lust, Schmerz und Überraschung gleichermaßen, und während er mein Blut trinkt und an mir saugt, komme ich ein zweites Mal.

Da ritzt er sich mit den Fängen ins Handgelenk und drückt es an meine Lippen. Als sein Blut in meinen Mund strömt, muss ich ebenfalls saugen, denn es schmeckt köstlich. Erdig, metallisch und würzig.

Zac füllt mich gleichzeitig mit seinem Blut und seinem Samen, und mir bleibt nichts anderes übrig, als beides anzunehmen. Wenigstens schmecke ich in seinem Lebenssaft keinen Alkohol, was mich ungemein erleichtert.

»Nun gehörst du mir, Cass«, sagt er mit so rauer Stimme, dass ich ihn kaum verstehe. »Niemand kann dich mir wegnehmen. Du trägst mein Mal! Jeden Tag wirst du von nun an sehen und spüren, wie ich wirklich bin. Und du wirst meine Kinder austragen, nur meine!« Er weicht zurück, als hätte ich eine schlimme Krankheit, und starrt mich mit aufgerissenen, tränennassen Augen vom Fußende des Bettes an.

Genauso erschrocken blicke ich zurück. »D-du hast mich zu deiner Gefährtin gemacht?« Ich drücke die Hand auf meinen Unterleib und schluchze auf. Wird sein Samen fruchten? Dann … werde ich sein Kind austragen! Ich wollte Kinder, schon immer, Kinder mit Zac! Doch so habe ich mir das mit uns nicht ausgemalt. »Du hast das Ritual besudelt. D-du hast es nicht richtig gemacht.« Es sind nur lateinische Sprüche, aber ich hätte die Bindung gerne nach den alten Bräuchen vollzogen.

»Ich habe kein gutes Herz, Cassy. Ich hoffe, du hast das endlich kapiert!« Mit einem Knurren springt er vom Bett und reißt die Tür auf, und noch während er das Zimmer verlässt, verwandelt er sich in einen Wolf. Zac läuft weg und lässt mich allein.

Zitternd sinke ich zurück. Verdammt! Alles ist schiefgelaufen.

Im ersten Moment möchte ich mich irgendwo verkriechen und weinen, aber dann nehme ich mich zusammen, straffe die Schultern und stehe auf. Zac verhält sich wie ein Kind! Wie ein trotziges Kleinkind! Er kann nicht immer weglaufen oder Streit suchen, wenn es ein Problem gibt.

Ich verwandele mich ebenfalls und verlasse das Haus. Mein helles Fell schimmert im Mondlicht, und ich recke die Schnauze in die Höhe, um Zacs Duft aufzunehmen. Wie ein blaues Band liegt er vor mir, und ich folge seiner Fährte.

Ich kann ihn nicht nur riechen, sondern auch auf andere Weise aufspüren. Da ich nun mit ihm verbunden bin, fühle ich seine Nähe. Er ist dort irgendwo im tiefen Wald, traurig, verloren und allein mit seinen finsteren Gedanken.

Als ich sein Blut getrunken habe, konnte ich für einen Moment in den schattigen Teil seiner Seele blicken – und verstehe ihn dadurch noch besser. Er gibt sich die Schuld am Tod seiner Mutter, obwohl er nichts dafür kann. Sie ist nach seiner Geburt verblutet.

Sein Vater hat als Alpha viel von seinen Söhnen verlangt. Nate hatte in der schwierigen Phase seiner Jugend offenbar Hazel, wie ich das heute ein bisschen herausgehört habe, Zac hatte niemanden. Ich war zwar noch ein kleines Mädchen, doch nicht blind, zumal ich immer zu ihm aufgesehen habe, zu meinem Retter. Keine junge Frau des Rudels hat sich an ihn herangetraut oder etwas mit ihm angefangen, denn sie hatten Angst vor dem Alpha, Angst, mit den Söhnen des Rudelführers etwas falsch zu machen. Nach Burts Tod haben sie plötzlich alle nur noch um Nate gebuhlt.

Zac war schon immer ein einsamer Wolf, der Erfüllung bei Menschenfrauen gesucht hat, doch die konnten mit seiner etwas rabiateren Art nicht umgehen und haben gedacht, er sei ein gefühlloser Klotz.

Und jetzt glaubt er, er habe mich genauso verletzt, weil er mich rücksichtslos entjungfert hat. Erneut hat er einer Frau wehgetan, wurde enttäuscht und ist weggelaufen.

Ich finde ihn im Wald, in der Nähe meines abgebrannten Elternhauses. Er hat sich zurückverwandelt und sitzt nackt an einen Stamm gelehnt, eine Flasche Whiskey in der Hand. Mondlicht schimmert durch die Blätter und bringt seine grünen Augen zum Glühen.

»Was willst du hier, Cass?«, fragt er mit dunkler Stimme, und Tränen glitzern auf seinen Wangen.

»Dich«, antworte ich vorsichtig, nachdem ich ebenfalls Menschengestalt angenommen habe.

»Ich bin ein gestörter und gefährlicher Mann, Cass. So einen willst du nicht.«

»Du bist nicht gefährlich, nicht für mich, nur zu impulsiv. Und gewiss nicht gestört.« Langsam nähere ich mich ihm, während sich mein Herz bei seinem Anblick verkrampft. Was ist das hier? Ein Alkoholversteck? Der Baum, an dem er lehnt, besitzt große Wurzeln, unter denen man sicher viele Flaschen verbergen kann.

Ich weiß, dass er trocken war. Er ist hart geblieben, obwohl er täglich mit Alkohol hantiert. Er darf nicht wieder anfangen!

Noch ist die Flasche zu.

»Ich habe dir wehgetan«, sagt er leise und schraubt den Verschluss auf. Sofort wabert der scharfe Geruch des Whiskeys in meine Nase.

»Ich weiß, dass es bei Wandlern rauer zugeht als bei normalen Menschen.«

»Das entschuldigt nicht mein Verhalten. Ich habe dich gegen deinen Willen zu der Meinen gemacht und …« Er keucht auf und sieht mich mit großen Augen an. »Was, wenn du schwanger bist?«

Ich räuspere mich. »Dann ist es eben so.«

Kopfschüttelnd hält er sich die Ohren zu, wobei er den Flaschenhals zwischen zwei Fingern einklemmt. »Hör auf, Cassy. Hör auf, so nett zu mir zu sein!« Weitere Tränen perlen über sein Gesicht. »Ich verkrafte es, wenn du mich schlägst oder wenn du mich anschreist, aber nicht, wenn du so ruhig mit mir sprichst!«

Ich hocke mich neben ihn und ziehe seinen Arm weg. Für ihn ist es die Hölle, dass ich ihn in diesem Zustand sehe. »Ich verzeihe dir, Zac.« Er muss nicht länger einsam sein, muss nicht länger sein Innenleben vor mir verbergen. *Du bist für mich sogar ein stärkerer Wolf, wenn du mir deine Gefühle zeigst, Zac. Lass alles raus, dann geht es dir besser.*

Ob er spürt, was ich denke?

Er lässt beide Arme sinken und schaut mich eine Weile stirnrunzelnd an. »Weißt du, dass ich damals das Feuer nur so schnell bemerkt habe, weil ich mich von zu Hause weggeschlichen hatte, um heimlich zu trinken? Ich saß genau hier.« Er deutet auf den Boden und lacht betrübt. »Vielleicht sollte ich wieder mit dem Trinken anfangen. Damals war alles leichter zu ertragen.« Als er die Flasche an den Mund setzen will, reiße ich sie ihm aus der Hand, schleudere sie weg und setze mich rittlings auf seinen Schoß.

»Ich bin hart im Nehmen und du auch. Wir schaffen das!«

»Wir?«, fragt er leise. »Nach allem, was ich dir angetan habe, hältst du zu mir? Du musst mich doch hassen.« Seufzend lässt er die Arme sinken und schaut zur Seite.

Ich zwinge ihn, mich anzusehen, indem ich sein Kinn packe und den Kopf zu mir drehe. »Du hast mich einst gerettet, das habe ich nicht vergessen. Und nun bin ich für dich da, Zac.«

»Ich verstehe dich nicht, Cass«, flüstert er und schließt die Augen.

Ich fühle, dass er am Ende ist, aufgeben will und den unbändigen Drang verspürt, sich mit dem verdammten Alkohol das Hirn zu betäuben, damit der Schmerz endlich nachlässt. Er wurde zu oft enttäuscht.

Ich lege die Hand auf seine Brust, dort, wo sein Herz kräftig schlägt. »Manchmal können wir eben nicht selbst bestimmen, wohin uns unser Herz führt. Oder das Schicksal? Vielleicht war es vorherbestimmt, dass du hier warst, um mich retten zu können und wir uns ineinander verlieben. Und jetzt bin ich hier, um mich zu revanchieren.«

»Ach, Cassy …« Plötzlich umarmt er mich fest und atmet an meiner Brust zitternd ein. »Ich habe dich nicht verdient. Trotzdem bin ich froh, dass du mir verzeihst. Aber für dein Herz suchst du dir besser jemanden, der liebenswerter ist als ich. Du weißt, dass wir unsere Verbindung rückgängig machen können, wenn es einer von uns unbedingt will. Ich wäre dir nicht böse deswegen.«

Ich spüre, dass er mich auch möchte. Warum will er sich immer bestrafen und sich Gutes versagen? Oder ist er vielleicht nicht nur großzügig, sondern auch selbstlos? Will er mich beschützen? Vor seiner rabiaten, unbeherrschten Art?

Innerlich lächle ich. Weiß er, dass er mehr mit seinem Bruder gemein hat, als ihm lieb ist?

Ich fahre durch sein Haar und hauche einen Kuss darauf. »Jetzt sage ich dir mal was, Zac. Du hast mich verdient, und dir steht jedes Glück des Universums zu. Nachdem du in einer harten Welt ohne Liebe aufgewachsen bist, werde ich dir so lange so viel Liebe schenken, bis du einsiehst, dass du auch mich verdient hast. Denn ich will dich, und ich will auch glücklich sein! Und dann gründen wir unsere eigene Familie, machen ganz viele Kinder, und die werden dich alle verdammt lieb haben. Und sie werden ihren Vater lieben, weil er ein großartiger Dad sein wird, und ...« Meine Stimme bricht und ich kann nicht mehr weitersprechen, weil ich so viele Tränen vergießen muss.

Ich will ihn nicht verlieren.

»Cass«, sagt er und schaut mich erschrocken an. »Wir werden es miteinander versuchen, aber bitte hör auf zu weinen. Das ertrage ich wirklich nicht.« Dann küsst er mich sanft, als hätte er Angst, mich zu zerbrechen. Ich erwidere den Kuss stürmischer, in der Hoffnung, ihn damit an mich zu binden.

Verdammt, wir *sind* miteinander verbunden, ich habe sein Blut in mir. Daher fühlt er auch, wie es um mich steht, dass ich ihn so sehr will, dass es schmerzt und es mir das Herz brechen würde, wenn er mich abweist. Aber er soll es nicht mit mir probieren, bloß weil er Mitleid hat.

Ich versuche, mich zu beruhigen und in ihn hineinzufühlen. Er ist verunsichert, möchte mich nicht abweisen, um mich nicht noch mehr zu verletzen. Doch da ist noch etwas anderes, ein warmes Gefühl, gleich einem dunkelroten Leuchten, und es gilt mir.

»Meinst du, du würdest es mit so einem wie mir aushalten?«, fragt er rau.

Scheu lächelnd antworte ich: »Käme auf einen Versuch an.«

Sein Herzschlag beschleunigt sich, ich spüre Hoffnung in ihm und das warme Leuchten erstrahlt heller. Er hat nie aufgehört mich zu lieben.

»Was hältst du davon«, fragt er, »wenn wir uns Zeit nur für uns nehmen, damit wir uns ordentlich beschnuppern können? Ich will mit dir allein sein, weit weg vom Rudel. Ich kenne einen Ort in Kanada, dort gibt es riesige Wälder und Ferienwohnungen, die einsam gelegen sind. Würdest du mit mir dorthin fliegen?«

Ich bin noch nie geflogen, und Urlaub woanders habe ich auch noch nie gemacht. »Ist das dein Ernst?« Ich kann kaum glauben, was ich höre.

Er lächelt aufrichtig und küsst meine Nasenspitze. »Mein voller Ernst. Falls du mir noch eine Chance gibst, dir zu beweisen, dass ich auch mal kein Arschloch sein kann.«

»Ja, ich will. Und wie ich will!« Lachend falle ich ihm um den Hals und küsse ihn stürmisch, bis er mich grinsend von sich drückt.

»Da gibt es nur etwas, das ich vorher dringend erledigen muss.« Er klingt auf einmal ernst, und ich fühle, wie wichtig ihm die Entscheidung ist, die er bezüglich Nate gefällt hat.

***

Nachdem Zac und ich bei ihm geduscht haben, ich wieder in mein Sommerkleid geschlüpft bin und er sich eine dünne Stoffhose angezogen hat, gehen wir gemeinsam zurück zur Party, die im großen Gemeinschaftsraum stattfindet.

Als wir Hand in Hand eintreten, verstummen die Stimmen und das Lachen, nur die Musik dudelt im Hintergrund und die brennenden Holzscheite im Kamin knacken. Alle Rudelmitglieder starren uns an. Sie stehen oder sitzen um Nate und Hazel herum, um immer noch ihre Aufnahme ins Rudel zu feiern. Solche Feste können bei uns bis zum Morgengrauen gehen.

Alle sind spärlich bekleidet, die Frauen tragen dünne Kleider oder Tücher, die Männer meist nur eine kurze Hose. Das Feuer im Kamin wirft sein gelboranges Licht auf sie.

»Nate«, sagt Zac mit fester, ruhiger Stimme, während wir auf ihn zugehen. »Ich möchte etwas mit dir besprechen.«

Sein Bruder nickt und kommt ihm entgegen. In seinen blauen Augen flackert Vorsicht auf und ein Muskel in seiner Brust zuckt. Offenbar erwartet er, dass Zac ihm eine Szene macht, und auch ich habe Angst, dass die Situation wieder eskalieren könnte. »Was gibt es, Zac?«

»Zuerst möchte ich mich bei dir entschuldigen. Bei dir und Hazel.«

Ein Raunen geht durch die Menge, und ich kralle die Finger um seine Hand.

»Du bist mein Bruder, Nate, wir haben uns schon immer gezankt, wie es Brüder eben tun. Aber du bist auch der Alpha und mein Rudelführer. Ich hätte dir mehr Respekt entgegenbringen müssen.«

»Ich nehme deine Entschuldigung an«, sagt Nate und blickt ihn weiterhin so ungläubig an wie alle anderen.

Auch Hazel hinter ihm starrt auf ihn und nickt bloß.

»Und dann ...«, fährt Zac fort, »will ich euch allen mitteilen, dass Cassy meine Gefährtin ist.« Er zieht mich näher und legt einen Arm um meine Schultern. »Ich habe sie zu der Meinen gemacht.«

»Was?«, entfährt es Tia und Tara gleichzeitig. Beide mustern uns mit riesigen Augen und ihre Nasenflügel blähen sich.

»Du hast eben mit ihr das Ritual vollzogen?« Nate hebt ungläubig die Brauen und schnüffelt an Zacs Hals. »Tatsächlich, ich rieche ihr Blut in dir.«

Zac räuspert sich und senkt den Blick. »Ja, es ... Ich habe ...«

»Es ging alles ein wenig schnell«, unterbreche ich ihn. Niemand muss wissen, wie es wirklich abgelaufen ist.

»Ja«, sagt Zac, »daher wollte ich dich fragen, ob ich das Rudel für zwei Wochen verlassen und mit Cassy nach Kanada fliegen darf. Ich würde das Ritual dort gerne in aller Ruhe noch einmal wiederholen und will dazu mit Cass ungestört sein.«

Er möchte es richtig machen? Erneut steigen mir Tränen in die Augen, diesmal vor Freude. Und er bittet Nate um Erlaubnis?

Ich bin unglaublich stolz auf ihn.

»J-ja, klar«, antwortet sein Bruder. »Natürlich darfst du. Meinen Segen habt ihr.«

Die beiden umarmen sich kurz, und Nate drückt auch mich an sich. »Herzlichen Glückwunsch, Cassy.«

»Danke«, antworte ich, und mein Gesicht glüht.

Reihum werden uns Glückwünsche zugetragen, und als uns jeder gratuliert hat, fragt Nate: »Bleibt ihr noch, um mit uns zu feiern? Schließlich haben wir jetzt einen weiteren Grund, die ganze Nacht durchzumachen.« Grübchen bilden sich in seinen Wangen, als er Zac angrinst.

Zac grinst zurück, und ich glaube, es ist das erste Mal seit Langem, dass ich die beiden in einiger Harmonie zusammenstehen sehe.

»Wir bleiben gern«, antwortet Zac und lässt mich kurz allein, um mit seinem Bruder in der Küche Nachschub zu holen. Es gibt Fruchtpunsch und kalten Hasenbraten. Ich bin mir jedoch sicher, dass die beiden nicht gleich zurückkommen werden. Sie haben viel zu besprechen.

Tara kommt mit offenem Mund auf mich zu und wispert: »Welche Droge hast du Zac denn gegeben?«

»Mich«, antworte ich schmunzelnd und fühle mich glücklich wie ewig nicht mehr. »Nur mich.«

**

Zac hat es tatsächlich getan. Wir sind nach Kanada geflogen! Es ist meine erste Reise, und dann geht es gleich in ein anderes Land!

Ein Chauffeur hat uns mit einer schicken Limousine tief in die Wälder gefahren und versprochen, uns in zwei Wochen wieder abzuholen. Er ist ebenfalls ein Wandler und arbeitet für die Agentur, die Blockhäuser in dieser einsamen Gegend vermietet. Falls wir noch etwas brauchen, sollen wir uns einfach telefonisch bei ihm melden, aber die Hütten sind mit allem ausgestattet, was wir während unseres Aufenthaltes benötigen.

Ich bin so aufgeregt, als wir das außergewöhnliche, zweistöckige Blockhaus mitten in den Wäldern betreten. Am auffälligsten ist das Erdgeschoss, das auf einer Seite aus einer riesigen Fensterfront mit Glasschiebetüren besteht.

Davor gibt es eine geräumige Veranda, auf der wetterfeste, riesengroße Sitzkissen liegen, die für Wölfe und Menschen gleichermaßen bequem sind.

Im Inneren sorgen ein Kamin und eine gepolsterte »Spielwiese« direkt vor der Fensterfront für Behaglichkeit. Die Aussicht auf den kleinen See sowie den umliegenden Wald ist bezaubernd!

Des Weiteren ist die Küche voll ausgestattet und die beiden Kühlschränke sind gut gefüllt.

Eine Etage höher befinden sich das Badezimmer mit Whirlpool sowie ein geräumiges Schlafzimmer. Dort legen Zac und ich unsere beiden kleinen Taschen auf das große Bett. Wir haben kaum Gepäck dabei, denn wir werden die zwei Wochen überwiegend nackt verbringen. Hier wird uns niemand stören, weil es im Umkreis von vielen Meilen keine anderen Häuser gibt.

Zac hat sich mir seit unserer Vereinigung nicht mehr sexuell genähert, obwohl ich bei ihm eingezogen bin und wir zusammen in einem Bett schlafen. Seine Schuld lastet schwer. Er kann nicht fassen, wie brutal er mich entjungfert und dass er anschließend ohne Schutz mit mir geschlafen hat. Doch ich bin nicht schwanger, das würde ich spüren. Und fast bin ich ein wenig enttäuscht deswegen. Ich hege schon lange den Wunsch nach etwas Kleinem, das ich versorgen kann, und vor allem nach einer eigenen Familie.

»Okay, hier sind wir«, sagt Zac und grinst schief. »Was willst du zuerst tun?«

Es ist früher Nachmittag und das warme Wetter lockt mich nach draußen. Die vielen Stunden, die wir jetzt im Sitzen verbracht haben, haben mir nicht gut getan und mich unruhig werden lassen. Deshalb schlage ich vor: »Lass uns die Gegend erkunden.«

»Perfekte Wahl.« Sofort reißt er sich die Kleidung vom Körper und wirft sie achtlos auf das Bett.

Ich tue es ihm nach, und wenige Augenblicke später stehen wir uns nackt gegenüber. Wie immer kann ich mich kaum an seinem attraktiven Körper sattsehen, doch im Moment nehme ich fast nur wahr, wie intensiv Zac mich mustert. Nicht hungrig oder voll sexueller Gier, obwohl es ihn wahre Selbstbeherrschung kosten muss, nicht über mich herzufallen – seit Tagen sehne ich mich körperlich nach ihm und bin entsprechend aufgeheizt. Nein, er sieht mich anders an. Wärmer. Verliebt.

In meinem Magen prickelt es. Die Tage vor unserem Urlaub haben sich endlos gezogen und ich habe mich kaum auf meinen Job als Fremdenführerin konzentrieren können. Die vielen Stunden von Zac getrennt zu sein, hat mein Sehnen nach ihm vergrößert. Aber nun gehören wir beide nur uns, volle zwei Wochen lang. Ich kann es immer noch nicht glauben!

Wir wandeln uns, nehmen unsere Wolfsgestalt an. Meine Haut prickelt, als mein helles, fast weißes Fell durchbricht, meine Knochen verschieben sich und Krallen wachsen unter meinen Fingernägeln hervor.

Zac hat sich bereits in einen stattlichen braunen Wolf verwandelt, in dessen grünen Augen ein Funkeln liegt. Sein treuer und doch ein wenig gefährlicher Blick geht mir durch und durch.

Er bellt einmal laut auf und läuft an mir vorbei und die Stufen nach unten. Dabei hinterlassen seine Krallen ein klickerndes Geräusch auf dem Holzboden.

Ich eile ihm hinterher, doch er läuft nicht davon, sondern wartet an der Klappe auf mich. An einer Seitenwand im Untergeschoss befindet sich eine Luke, ähnlich einer

Katzentür, die so groß ist, dass ein Wolfswandler bequem nach draußen schlüpfen kann. Zac lässt mir den Vortritt, und anschließend laufen wir Seite an Seite in den Wald.

Es gibt kaum ein herrlicheres Gefühl, als die Schnauze in den Himmel zu recken, frische Luft ohne Abgase zu schnuppern und einfach nur zu rennen. Wir sind bereits zu Hause in Norwich viel gelaufen in den letzten Tagen, um unsere sexuellen Energien vor dem Schlafengehen in andere Bahnen zu lenken. Aber jetzt will ich Zac endlich wieder spüren, ihm nahe sein. Ganz nahe!

Wir jagen durch den Wald, bis uns die Luft ausgeht, wälzen uns im niedrigen Gras, schnappen spielerisch nach unseren Schwänzen und rennen zurück zum Blockhaus.

Durch das Laufen hat Zac wohl seinen Kopf freibekommen, denn er wirkt nun nicht mehr so zurückhaltend. Kaum haben wir uns auf der Veranda zurückverwandelt, male ich mir aus, wie er mich auf die Kissen wirft und die Feuchtigkeit zwischen meinen Schenkeln aufleckt. Stattdessen hebt er mich auf die Arme, und ich verschränke die Finger in seinem Nacken, damit ich mich an seine große Gestalt schmiegen kann. Dann trägt er mich durch die Glastür ins Haus und hinauf zu der großen, runden Badewanne, und lässt Wasser ein. Er testet mit der Hand die Temperatur und gibt ein Badeöl hinzu, das leicht nach Kiefern duftet. Das macht er alles, ohne mich loszulassen.

Erst als genug Wasser in der Wanne ist, steigt er mit mir in den Armen in das warme, duftende Nass.

Zac setzt mich ab, greift nach einem Schwamm und beginnt, mich damit abzureiben. Meinen schmutzigen Händen und Füßen widmet er sich besonders intensiv. Dabei hätte ich es lieber, dass er sich mehr auf die pochende Stelle zwischen meinen Beinen konzentrieren würde. Ich kann sehen, wie erregt er ist, doch er lächelt nur verwegen und verwöhnt mich.

Hilfe – ich verliebe mich gleich noch mehr in diesen süßen Schuft! Derart zuvorkommend und zurückhaltend habe ich ihn noch nie erlebt. Außerhalb des Rudels scheint er ein völlig anderer Mann zu sein. Vielleicht ist er aber auch nur zum ersten Mal er selbst.

Als er mich genug abgeschrubbt hat, zieht er mich in seine starken Arme, um mich zu küssen. Dabei raunt er: »Ich freue mich riesig, mit dir hier zu sein.«

»Ich auch«, antworte ich zwischen seinen Küssen, die immer heißer werden. Wir züngeln wild miteinander, und ich gehe aufs Ganze, indem ich zwischen seine Schenkel greife, um seine Erektion zu umschließen.

Zac keucht in meinen Mund, und ein Knurren steigt seine Kehle herauf. Ich liebe dieses sexy Geräusch; das macht mich gleich noch heißer.

»Lass dir Zeit, Süße«, raunt er und zieht meine Hand weg. Anschließend hebt er mich erneut hoch, trägt mich aus der Wanne und trocknet mich mit einem warmen, weichen Handtuch schnell ab.

Damit fährt er sich nur kurz über die Brust und zwischen den Beinen hindurch, bevor er es fallen lässt und mich schon wieder auf seine Arme hebt. Dann trägt er mich nach unten, um mich vor der Panoramascheibe auf den Polstern zwischen allerlei Kissen abzulegen. Der Platz ist traumhaft, denn wir haben einen wunderbaren Blick auf die Natur und sind doch in unserer kuscheligen »Höhle«.

Zac küsst mich überall, von der Nasenspitze bis zu den Zehen, und ich lache, als er seine Zunge über meine Fußsohle flattern lässt.

Er grinst schelmisch, bevor er sich auf mich legt und

sein hartes Geschlecht an meiner Mitte reibt.

»Ich glaube, noch länger kann ich nicht warten«, raunt er und wirft einen verzweifelten Blick nach oben, in Richtung Schlafzimmer.

»Willst du lieber hochgehen?«, frage ich.

»Nein, aber dort liegt meine Tasche mit den … Kondomen.« Zerknirscht schaut er mich an. »Ich gehe schnell und hole eins.«

»Bleib hier.« Ich habe nicht meine fruchtbaren Tage, was er eigentlich riechen müsste, und falls ich sie doch hätte … »Das brauchen wir nicht.«

»Ich weiß.« Ein leises Knurren vibriert in seiner Kehle, bevor er mir leise gesteht: »Ich wollte nur … Du sollst wissen … dass ich es jetzt anders machen würde.«

»Ach, Zac.« Mein Herz quillt über vor Zuneigung. Diesen starken Mann derart unsicher zu erleben, wirbelt mehr als nur eine Schar Schmetterlinge in meinem Bauch auf. »Wir brauchen kein Kondom, weil ich auch mit dir schlafen würde, wenn ich meine fruchtbaren Tage hätte.«

Ein überraschtes Keuchen verlässt seinen Mund, und ich streiche über sein hartes, männliches Gesicht. »Überrascht dich das so sehr, Zac?«

»Manchmal kann ich immer noch nicht glauben, dass das mit uns wahr ist.« Er beugt sich zu mir, um langsam und genüsslich mit mir zu züngeln. Dabei grabe ich die Finger in sein weiches Haar und lege ganz viel Zärtlichkeit in unseren Kuss.

Seine Erektion reibt er an meiner Mitte, und plötzlich drückt die Kuppe gegen meinen Eingang. Ich öffne mich für ihn, nehme meine Schenkel ein wenig mehr auseinander – und schon gleitet er in mich, behutsam und mit einer Sanftheit, die mir sämtlichen Atem raubt.

Zac fährt tief in mich, und ich spüre, wie sich sein Geschlecht in mir vergrößert. Das Gefühl ist berauschend und unheimlich intensiv. Nun sind wir fest miteinander verbunden. Und ich weiß, dass es jetzt noch einmal passieren wird, so wie es mir Zac versprochen hat.

Während er sich vorsichtig in mir bewegt, greift er nach meinem Arm und führt mein Handgelenk zu seinen Lippen. Er murmelt die lateinischen Verse, die einer Verbindung vorangehen sollten, und versenkt seine Fänge in meiner Haut.

Ich stöhne auf, als er saugt und von meinem Blut trinkt, und er hält mir seinen Hals hin – was eine Geste des absoluten Vertrauens ist.

Oh Zac ... Ich treibe meine Zähne in sein Fleisch, schmecke seinen männlichen Schweiß und dann die wilde Note seines Lebenssaftes. Dabei passe ich auf, keine wichtigen Gefäße zu verletzen, und kratze seine Haut nur oberflächlich an. Zart sauge ich an ihm, und die verschiedenen Empfindungen sind derart intensiv, dass ich zum Höhepunkt komme.

Zac stößt ein leises Heulen aus und knurrt anschließend tief, als er sich in mir ergießt, mich mit seinem Samen füllt. Tränen verschleiern meine Sicht, weil ich mir eine Bindung genau so vorgestellt habe. Nein, eigentlich ist sie sogar noch besser als in meinen Träumen.

Nachdem die stärksten Wogen unserer Lust abgeebbt sind, versiegeln wir unsere Wunden und lassen uns nebeneinander in die Kissen sinken. Wir atmen schwer und grinsen uns lange Zeit einfach nur an, während wir uns streicheln.

»Das war so unglaublich schön, Zac«, murmele ich glückselig, kurz bevor mir die Augen zufallen, und schmiege mich eng an ihn.

Er seufzt tief, und es hört sich bedrückt an. »Das macht meine Fehler aber nicht wieder ungeschehen.«

»Nein, das tut es nicht.« Zärtlich kraule ich seinen Nacken und genieße das Nachglühen dieser wundervollen Vereinigung. »Doch es zeigt mir, dass du nicht der Wolf bist, den du ständig zur Schau gestellt hast.«

»Dafür bist du verantwortlich, Cass«, raunt er, bevor er meine Stirn küsst. »Du hast mich verändert.«

»Ich habe dich nur auf den richtigen Weg geschubst, Zac.«

»Und dafür bin ich dir unendlich dankbar.«

Jeder braucht jemanden, der ihn auffängt, bevor die Dunkelheit ihn verschlingt. Zac hat nun mich, und Nate hat Hazel. Der ungelöste Mord an ihrem Vater hat tiefe Spuren bei den beiden hinterlassen. Allerdings habe ich das Gefühl, dass eines Tages doch noch Licht ins Dunkel kommen wird … und dass noch größere und finsterere Geheimnisse vor uns liegen werden.

Liebe Mela, lieber Steffen,

ich lebe jetzt seit zwei Monaten bei Nate auf der Farm, und es geht mir prima. In Norwich habe ich ein kleines Büro, und die ersten Kunden haben auch schon über das Internet zu mir gefunden. Eigentlich bräuchte ich nicht zu arbeiten, meint Nate, aber der Job tut mir gut. Ihm wäre es natürlich lieber, wenn ich ununterbrochen an seiner Seite wäre, doch ein wenig Eigenständigkeit sollte sich auch die Gefährtin eines Alphas bewahren, finde ich. Das hat er zum Glück eingesehen, dennoch besteht er darauf, mich jeden Tag die drei Meilen in die »Stadt« zu fahren und am Nachmittag wieder abzuholen. Und auch sonst liest er mir jeden Wunsch von den Augen ab. Meine Liebe zu ihm wächst mit jeder Stunde, die ich mit ihm verbringe.

Manchmal glaube ich mich immer noch in einem Traum zu befinden. Wenn Mum nicht gestorben und ich nicht nach Norwich zurückgekommen wäre, hätte sich zwischen Nate und mir niemals alles geklärt. Ich bin so glücklich über diese zweite Chance mit ihm und er ebenso. Wir genießen jeden Tag, als wäre es unser letzter.

Rose und Chris sind froh, dass ich wieder in ihrer Nähe wohne, und kommen einmal in der Woche auf der Farm vorbei, um mich zu besuchen. Sie respektieren Nate und sind gewillt, ihn als ihren neuen Rudelführer anzusehen, doch sie ziehen es vor, unter sich zu bleiben. Sie waren zu lange allein.

Sie machen sich immer noch Vorwürfe, dass sie nie erkannt haben, wie Mutter mich misshandelt hat. Mum hat es eben meisterlich verstanden, sich zu verstellen und andere zu täuschen.

Ich sollte die Vergangenheit ruhen lassen, auch was Mum und ihre Intrigen betrifft, und nach vorne blicken, aber ich knabbere noch ziemlich daran. Ich habe niemals gedacht, dass ich mich hier wohlfühlen könnte, nach allem, was war, doch jetzt gefällt es mir in Vermont sehr gut. Am meisten liebe ich – neben Nate ;-) – die Wälder, Seen und Berge. Nate und ich streifen jedes Wochenende durch die Gegend und genießen die Zweisamkeit.

Ich bin heilfroh, dass er nicht mehr an dieser uralten Fehde festhält und auch Zac endlich zur Vernunft gekommen ist. Vielleicht liegt es auch an Cassy, dass er nicht mehr so streitsüchtig und aufbrausend ist. Sie tut ihm wirklich gut, und das sorgt für Harmonie im Rudel. Nach dem, was mir Nate alles erzählt hat, lag er mit seinem Bruder wohl ständig im Clinch. Und jetzt werden Cassy und Zac auch noch Eltern, stell dir vor! Ich freue mich sehr für sie.

Was gibt es sonst noch zu berichten? Ach ja, Mums Grundstück hat ein junger Mann aus Europa gekauft. Er heißt Gabriel Montabon, ich habe ihn aber noch nicht persönlich zu Gesicht bekommen. Mein Makler meinte doch allen Ernstes: »Ich finde ihn ein wenig unheimlich, aber Hauptsache, er bezahlt den vollen Preis. Offenbar hat er sehr viel Geld.« Monsieur Montabon wird das Haus abreißen lassen, um ein neues darauf zu stellen. Ich bin schon sehr gespannt, was einen reichen Franzosen in diese Gegend treibt.

So, ich muss Schluss machen, Nate ruft nach mir. Wir wollten an den See rausfahren.

Ich freue mich schon, wenn ihr uns nächste Woche be-

suchen kommt, bis dahin weiß ich bestimmt auch mehr
über den unheimlichen neuen Nachbarn ;-)

Alles Liebe,
eure Hazel

Zufrieden lehne ich mich zurück und schalte den Computer aus. Dabei lasse ich weitere Erinnerungen Revue passieren, die ich Mela und Steffen unmöglich schreiben kann. Zum Beispiel, dass Nate und ich ständig übereinander herfallen – und verdammt, der Sex ist sogar noch besser als früher!

Nate hat es tatsächlich geschafft, mein gebrochenes Herz zu kitten. Das ging nicht von jetzt auf gleich und schon gar nicht mit exorbitanten Orgasmen, aber schneller, als ich vermutet habe. Wahrscheinlich, weil er völlig selbstlos gehandelt hat und nicht wirklich fremdgegangen ist. Eigentlich kann ich ihm nichts vorwerfen, schon gar nicht, dass er nach unserer Trennung andere Sexpartner hatte.

Längst habe ich mich wieder an das Rudelleben mit all seinen Gebräuchen gewöhnt und finde nichts Verwerfliches daran, sich auch mal Spaß mit anderen zu gönnen – solange alle einverstanden sind. Zwar bin ich noch nicht wirklich so weit, aber ein heißer Vierer mit den Zwillingen würde mich tatsächlich reizen.

Schon wieder habe ich nur eine Sache im Kopf! Aber der Sexualtrieb ist bei Wolfswandlern eben besonders stark ausgeprägt, da können wir nicht aus unserer Haut – oder Fell – heraus.

Auf jeden Fall trägt mich Nate auf Händen, liest mir jeden Wunsch von den Augen ab und verwöhnt mich, wo er kann. Vor den anderen lässt er zwar oft den Alpha raushängen, aber das muss er schließlich, um sein Ansehen und seine Stellung im Rudel nicht zu gefährden. Wobei aktuell niemand hier ist, der ihm gefährlich werden könnte. Zac ist so glücklich mit Cassy, dass er sich sogar kaum noch mit Nate streitet. Die beiden scheinen wie ausgewechselt und vor allem sehr ausgeglichen zu sein, was dem Rudel zugute kommt. Wir sind wie eine große, glückliche Familie, die sich gegenseitig unterstützt. Ich fühle mich geborgen in ihrer Mitte, vor allem in Nates Armen. Durch ihn fühle ich mich noch stärker und selbstbewusster als früher, weil er mir ständig das Gefühl gibt, etwas Besonderes zu sein. Und es macht Spaß, ihm Paroli zu bieten und nicht immer einer Meinung zu sein. Doch bisher haben wir immer eine gemeinsame Lösung gefunden, wenn es ein Problem gab.

»Hey, bist du noch nicht fertig?« Nate betritt das Zimmer, beugt sich von hinten über meinen Stuhl und küsst meinen Scheitel. »Wir wollen los.«

Verdammt, der See!

Schnell stehe ich auf und drehe mich zu ihm um. »Klar, ich bin ich fertig!« Zum Glück trage ich bereits meinen Bikini unter dem Kleid, denn die Hitze steht im Raum und ich brauche dringend eine Abkühlung, allein schon wegen meiner verruchten Gedanken. Aber Nate lenkt mich schon wieder ab.

Wuff, sieht der Kerl gut aus, selbst in Bermuda-Shorts und Flipflops! Dazu dieses schelmische Lächeln, das immer noch dieselben Grübchen in seine Wangen zaubert wie früher, die gebräunte Haut und seine leicht zerzausten Haare.

Grinsend lege ich die Arme um ihn und drücke ihm einen festen Kuss auf die sinnlichen Lippen.

»Wofür ist der?«, fragt er murmelnd, wobei er mich an seinen harten Körper zieht.

»Einfach nur so«, antworte ich und fühle mich wie auf Wolke sieben.

Schlusswort

Wer ist dieser Fremde, der nach Norwich gekommen ist, und hat er vielleicht etwas mit dem Mord an Nates Vater zu tun? Oder war es doch Hazels Mutter, die sich ja offenbar gut verstellen konnte? Stand sie mit finsteren Mächten im Bunde?

Falls ihr neugierig seid, lest die Antwort in Buch zwei der Beast-Lovers-Serie: »Gabriel«.

Weitere Titel sind in Vorbereitung.

Alles Liebe
Eure Inka

»Hast du dir unseren neuen Nachbarn schon mal genauer angesehen, Beth?«, fragt mich Nate beim Frühstücken.

»Nur oberflächlich. Soll ich ihm mal auf den Zahn fühlen?«

Seufzend streicht er sich eine schwarze Haarsträhne hinters Ohr. »Wäre mir sehr recht. Irgendwas stimmt mit dem Kerl nicht.«

Ein Teil des Porter-Rudels versammelt sich jeden Morgen im Gemeinschaftsraum der Farm am großen Tisch, um zusammen den Tag zu beginnen. Nate, unser Alpha, befindet sich mit seiner Gefährtin Hazel am Kopf der Tafel, sein Bruder Zac und dessen Frau Cassy sitzen neben ihm. Außerdem sind noch die Zwillinge Tia und Tara anwesend. Wir alle leben auf der Porter-Farm, der Rest des Rudels hat eigene Häuser oder Wohnungen. Da ich immer noch ungebunden bin, bleibe ich gerne hier. Ich bin nie einsam, und mein kleines Zimmer reicht mir als Unterkunft vollkommen aus.

»Ich war erst gestern wieder in der Nähe seines Grundstücks«, sagt Zac und lehnt sich im Stuhl zurück, um einen Arm um Cassy zu legen. Sie ist im siebten Monat schwanger, und er kümmert sich aufopferungsvoll um sie, obwohl sie sich blendend fühlt. »Man riecht den Kerl nicht, als ob er keinen Körpergeruch hätte. Das allein finde ich schon verdächtig.«

Nate stimmt brummend zu, während er sich eine Gabel mit Speck in den Mund schiebt.

»Und was arbeitet der Süße überhaupt?« Interessiert beugt sich Tia vor, wobei sie sich eine schwarze Strähne ihres langen Haares um den Finger wickelt. »Er muss doch in Geld schwimmen, wenn er sich solch einen Palast in dieser kurzen Zeit hinstellen konnte.«

Tara, die ihrer Zwillingsschwester bis auf eine Narbe an der Augenbraue gleicht, nickt.

Nachdenklich kaue ich an meinem Toast. Natürlich habe ich Monsieur Gabriel Montabon längst überprüft – Sozialversicherung, Führerschein –, für mich als Polizistin ist das kein Problem. Doch der Dienstcomputer hat nicht viel ausgespuckt. Gabriel ist achtundzwanzig, also genauso alt wie ich, kommt aus Paris und hat offenbar eine blütenweiße Weste.

Als Palast würde ich sein zweistöckiges Haus nicht bezeichnen, aber der massive, hellblau gestrichene Ziegelbau mit den süßen Erkerfenstern wirkt neben den anderen Holzhäusern der Gegend ziemlich pompös. »Okay, ich fahre heute mit dem Streifenwagen zu ihm raus und werde mich ein wenig mit ihm unterhalten.« In der Stadt lässt sich der Mann kaum blicken, wie ich dem Gerede der Leute entnommen habe. Ab und zu kauft er etwas in Mr. Wesdons Laden, doch seine Lebensmittel bezieht er offenbar im Supermarkt der nächstgrößeren Ortschaft, in der auch unsere Teens zur Schule gehen. Dabei hat Mr. Wesdon fast alles vorrätig. Warum also nimmt er die vielen Meilen Umweg in Kauf?

Bei Monsieur Montabons Verhalten bekommt man tatsächlich das Gefühl, er habe etwas zu verbergen. Oder er hat einfach keine Lust, sich in unsere kleine Gemeinde zu integrieren.

***

Ich öffne an meinem alten Dienstwagen die Fenster, um Waldluft hereinzulassen, und genieße den wunderschönen Junitag. Um zehn Uhr ist es draußen schon so warm und feucht, dass ich unter meiner Uniform leicht schwitze. Sie ist das Einzige, was ich an meinem Job gerade im Sommer nicht ausstehen kann. Doch lieber ist mir ein wenig heiß, als dass ich den Gestank des Kühlmittels der Klimaanlage inhalieren muss. Ein normaler Mensch würde wahrscheinlich nichts riechen, aber unsere Wandlernäschen sind eben besonders sensibel – und das bringt mir bei meinem Job viele Vorteile. Trotzdem freue ich mich jetzt schon darauf, nach Schichtende meine Wölfin herauszulassen und mit anderen Rudelmitgliedern durch den Wald zu laufen, um Natur pur zu genießen.

Gemütlich lasse ich den Ford über den Kiesweg rollen und

lausche dem Knirschen der Reifen und dem Singen der Waldvögel. Ich bin auf dem Weg zu Gabriel Montabon, der das Grundstück von Hazels verstorbener Mutter gekauft hat. Es liegt etwas abseits und gut versteckt zwischen alten Bäumen mitten im Wald. Nur diese schmale Straße führt dorthin.

Als plötzlich schwarzer Lack vor mir im Sonnenlicht aufblitzt, drücke ich auf die Bremse und bleibe stehen. Ein Wagen kommt mir entgegen, und ich weiß sofort, wem der Escalade mit den verdunkelten Scheiben gehört: Monsieur Montabon.

Er hält ebenfalls und stellt den Motor ab, da ein Vorbeikommen an dieser Stelle nicht möglich ist, und ich steige aus. Nun gut, dann wollen wir dem Herrn mal auf den Zahn fühlen, genau wie ich es Nate versprochen habe.

Das Seitenfenster des SUV befindet sich auf meiner Kopfhöhe, und als es Monsieur Montabon herunterlässt, grinst er mir entgegen. »Bin ich zu schnell gefahren, Officer?«

»Äh … nein.« Alle zurechtgelegten Worte sind vergessen, als ich seine leicht raue Stimme mit dem sexy, französischen Akzent höre, der perfekt zu seinem attraktiven Äußeren passt. Ich habe Gabriel zwar schon ab und zu aus der Ferne gemustert, ihn aber jetzt so nah vor mir zu haben und mit ihm zu reden, zieht mir glatt die Beine weg.

Er trägt eine stark getönte Sonnenbrille, sodass die Gläser seine Augen verbergen, deshalb richtet sich meine Aufmerksamkeit auf sein markantes, männliches Gesicht mit den hohen Wangenknochen, den perfekt geschwungenen Lippen, der geraden Nase, den hellen Zähnen und den kurzen schwarzen Haaren.

Zum Glück bin ich groß genug, dass ich auch einen Kontrollblick in den Innenraum werfen kann, doch ich entdecke nichts Ungewöhnliches. Der Wagen riecht neu und ist relativ sauber, und wegen der verdunkelten Scheiben kann ich leider keine Feinheiten wahrnehmen, was auch zusätzlich an meiner Sonnenbrille liegt. Wandleraugen sind empfindlich. Dafür kann ich Gabriel umso besser erkennen. Seine langen Beine stecken in Jeans, und trotz Hitze trägt er einen dünnen dunkelgrauen Pullover. Der Stoff spannt sich über seinen schlanken Körper und die sanften Wölbungen der Muskeln. Was für eine Sahneschnitte.

Ich muss mich zuerst räuspern, um einen weiteren Ton hervorzubringen. »Ich wollte nur mal vorbeikommen, um zu fragen, ob bei Ihnen alles in Ordnung ist«, sage ich und bemühe mich um ein Lächeln. Der Mann bringt mich völlig aus dem Gleichgewicht. »Sie wohnen ja doch etwas abgelegen.«

»Alles bestens, Officer.« Als sein Grinsen noch breiter wird, bilden sich Grübchen in seinen Wangen. Waren die vorher auch schon da?

»Nennen Sie mich Beth«, antworte ich atemlos. Liegt wohl nicht nur an der Hitze, dass mir plötzlich sehr, sehr heiß ist. »In unserer kleinen Stadt rücken wir alle etwas enger zusammen. Sie werden sicher bald jeden hier kennen.« ... *und ich würde dich gerne besser kennenlernen, obwohl ich das Gefühl habe, dich schon ewig zu kennen. Verrückt.*

Schnell richte ich mein Augenmerk wieder auf den düsteren Innenraum, um seiner Anziehungskraft zu entkommen. Was ist denn nur los mit mir?

»Gabriel«, sagt er und streckt mir die Hand entgegen. Als ich sie ergreife, durchfahren mich bei seinem kühlen, aber festen Händedruck wohlige Schauder. Er hat lange, schlanke Finger, die leicht behaart sind, und er trägt keinen Ring.

Mein Herz klopft schneller. Ob er single ist?

Hastig zieht er die Hand zurück, als hätte er sich an mir verbrannt, und ich mustere ihn erneut. Hazels Makler hat ihn als jung und unheimlich beschrieben, ich finde ihn einfach nur anbetungswürdig. Er hat nichts Unheimliches an sich, höchstens etwas Geheimnisvolles.

Verdammt, Beth, mach deinen Job!

»Was treibt Sie eigentlich in diese verlassene Gegend?«, frage ich möglichst entspannt. »Ich meine ... Norwich und Paris? Da hätten sie ja gleich auf den Mond ziehen können.«

»Ich bin Schriftsteller und wollte ein stilles Plätzchen zum

Schreiben. In Frankreich wurde es mir zu hektisch, da habe ich mir was Neues gesucht.«

Dieser verdammte, sexy Akzent macht mich total wuschig!

Ich versuche, ruhig zu bleiben und mich auf meine Aufgabe zu konzentrieren. »Haben Sie keine Familie oder Freunde, die Sie vermissen?«

Gabriel fährt sich durchs Haar und beugt sich ein Stück zu mir, dann senkt er die Stimme, als würde er mir ein Geheimnis anvertrauen. »Wir Autoren sind einsame Menschen, Beth. Wir verkriechen uns den ganzen Tag und die halbe Nacht hinter unseren Computer und schreiben.«

So ein gut aussehender Mann wie Gabriel wäre nicht lange allein, wenn er sich unter Menschen mischen würde.

Erneut räuspere ich mich, während ich meine Hände in die Hüften stütze, damit sie mir nicht im Weg umgehen. Der Mann macht mich wirklich nervös. Liegt wohl daran, dass ich zu lange keinen Sex mehr hatte. Außer in meinen Träumen. Seit Jahren sucht mich ein Unbekannter mit blassblauen Augen auf, um mich nach allen Regeln der Kunst zu befriedigen. »Und das Geschäft läuft gut?« Immerhin kann er sich solch ein Haus und diesen Wagen leisten.

»Ja, ich verdiene sehr gut mit dem Schreiben.«

Gabriel und Schriftsteller? Warum glaube ich, dass dieser Job nicht zu ihm passt? Er wirkt auf mich eher wie ein Millionär. Ein Playboy-Millionär, wenn ich sein verruchtes Lächeln richtig deute.

Hat er Geld geerbt? Gehört er zur Marke: Sohn, Sponsored by Daddy?

Soll niemand wissen, wie reich er ist, damit ihn keiner ausraubt? Oder hat er Dreck am Stecken? Warum sonst hat er mehrere tausend Meilen zwischen sich und seinem alten Leben in Paris gebracht und sich ausgerechnet in Norwich niedergelassen?

Seltsamerweise entdecke ich keine Anzeichen, dass er mich anlügt. Er schwitzt nicht, wirkt nicht übermäßig nervös und seine Hände zittern nicht. Sie liegen fast ununterbrochen auf dem

Lenkrad – was auch deshalb sein könnte, damit ich eben jenes Zittern nicht bemerke!

Er ist ein Profi und weiß genau, wie er seine wahre Identität vor mir verbergen kann, ja, das muss es sein!

Ich konzentriere mich auf seinen Herzschlag, doch ich kann ihn nicht hören, wahrscheinlich, weil mein Puls viel zu laut in den Ohren klopft. *Ich* bin hier wohl die Einzige, die aufgeregt ist.

Okay, was sagen meine anderen Sinne?

Möglichst unauffällig hole ich tief Luft, aber ich rieche nur den Duft seines Waschmittels und ein dezentes Männerparfüm am Autositz, sonst nichts. Keinen Schweiß, keinen Eigengeruch, genau wie Zac bereits festgestellt hat.

Moment, wittere ich da nicht einen Hauch von Eisen? Irgendwas im Wagen riecht metallisch wie … Blut?

Sofort schnellt mein Pulsschlag weiter in die Höhe.

Eventuell hat er sich geschnitten, ich will jetzt nichts reininterpretieren, wo vielleicht nichts ist, aber eines ist er trotzdem niemals: Schriftsteller!

»Ich habe im Internet kein Buch unter Ihrem Namen finden können«, entwischt es mir. Sofort beiße ich mir auf die Zunge.

Seine nachtschwarzen Brauen heben sich über den Brillengläsern. »Sie spionieren mir also nach?«

»Berufskrankheit«, gebe ich zähneknirschend zu. »Und ich war einfach neugierig, was so einen gutaussehenden Mann in diese Gegend verschlägt. Aber …«, füge ich schnell hinzu, bevor noch mehr Mist meinen Mund verlässt und ich mich zum Gespött mache, »das erklärt nicht, warum ich kein Buch von Ihnen gefunden habe.«

Seine Mundwinkel zucken. »Ganz einfach. Weil ich unter einem Pseudonym publiziere.«

»Und warum?« Auf meinen Spürsinn war bisher immer Verlass, daher bin ich mir hundert Prozent sicher, dass er etwas zu verbergen hat. Ob er Schmuddelkram schreibt? Hardcore-Erotik?

Aufseufzend lehnt er sich zurück. »Weil ich meine Ruhe haben möchte, darum. Fans können zuweilen sehr nervig sein und sogar vor der Tür stehen. Das will ich nicht. Ich bin sehr gerne allein.«

Schade eigentlich. Vielleicht steht er nicht auf Frauen, das ist meine einzige Erklärung. Wenn er sich in diesem Kaff einen Mann angelt, wird das innerhalb von Stunden jeder wissen, auch ich. Ein beträchtlicher Teil von mir wünscht sich, dass ich falsch liege. »Also falls Sie mal Lust auf einen Kaffee haben, würde ich Sie gerne in das einzige Café der Stadt einladen.« Das ist mein letzter, verzweifelter Versuch, diesen Kerl für mich zu gewinnen. Womöglich steht er aber auch bloß nicht auf rothaarige Polizeibeamtinnen?

Lächelnd schüttelt er den Kopf. »Sie wollen ja nur mein Pseudonym erfahren.«

»Und? Verraten Sie es mir?«

»Nein«, antwortet er grinsend und startet den Motor. »Kaffee reicht mir zumindest nicht als Bestechung.«

»Na gut, ich überlege mir was«, antworte ich schmunzelnd und steige in meinen Dienstwagen. Gentlemanlike fährt Gabriel den schmalen Weg zurück, bis wir vor seinem prächtigen Haus ankommen. Dort ist genug Platz, um zu wenden.

Anschließend fahre ich ihm nach bis in die Stadt, obwohl der Drang groß ist, ihm weiterhin zu folgen. Als sich unsere Wege trennen, weil ich einen Abstecher ins Revier machen muss, hupt er zum Abschied und ist schnell aus meinem Blickfeld verschwunden.

Über die Autorin

Inka Loreen Minden, die auch unter den Pseudonymen Lucy Palmer, Mona Hanke und Monica Davis (Jugendbuch) schreibt, ist eine bekannte deutsche Autorin. Von ihr sind bereits über 50 Bücher, 9 Hörbücher und zahlreiche E-Books erschienen, die regelmäßig unter den Online-Jahresbestsellern zu finden sind. Sie schreibt u.a. für Bastei Lübbe, Blanvalet und Rowohlt.

Ihre Titel wurden in mehrere Sprachen übersetzt. Auf Englisch sind erhältlich: Hearts of Stone, Daniel Taylor – Demon Heart und Caprice.

Neben einer spannenden Rahmenhandlung legt sie Wert auf eine niveauvolle Sprache und lebendige Figuren. Romantische Erotik, gepaart mit Liebe und Leidenschaft, ist in all ihren Storys zu finden, die an den unterschiedlichsten Schauplätzen spielen.

Mehr über die Autorin auf ihrer Homepage:
www.inka-loreen-minden.de
oder
monica-davis.de

Eine Auswahl ihrer Titel:

Amy & Jason
Penny & Logan
Malte & Fynn

Warrior Lover Serie

Shadows of Love – Dunkle Leidenschaft (Inka Loreen Minden)
LoveTrip – Eine heiße Reise (Inka Loreen Minden)

Outcasts (Monica Davis)

alle Titel von Lucy Palmer

Neu ab 2017: HOT HEROES

und falls es mit Fantasy sein darf:

Engelslust
Verteufelte Lust
Die Lady und das Biest

Nick aus der Flasche (Monica Davis)

Ihr findet die Autorin auch auf Twitter (InkaLoreen)
oder Facebook (Books by Inka Loreen Minden)